CHRISTIANE SCHÜNEMANN

Zehn Kaffeebohnen

CHRISTIANE
SCHÜNEMANN

zehn kaffee bohnen

ROMAN

Talstr. 7, 18055 Rostock
christiane-schünemann.de

Druck und Bindung: epubli, Berlin
ISBN 978-3-756524-51-8

Für meine Mutter
Lydia Waack
in dankbarer Erinnerung

»Du schreibst?«,
hat sie mich einmal verwundert gefragt.

HERBST 2018

Ihre Hand wanderte zu Richards Bett hinüber und fühlte die kühle Seide seines Pyjamas. Den weinroten Pyjama hatte sie ihm einmal zum Geburtstag geschenkt.

Schließlich stand sie auf, ihr Nachthemd war verschwitzt. Kritisch blickte sie in den Spiegel. »Frau Königin, Ihr seid nicht mehr die Schönste hier, Ihr solltet dringend Eure Strähnenansätze blondieren lassen.«

Nach dem Duschen zog sie Jeans an und den grob gestrickten blauen Pullover. Die Haare band sie zu einem lockeren Knoten.

Dann kochte sie Kaffee und deckte den Tisch für zwei Personen, wie immer, nachdem Laila in ihre Studenten-WG gezogen war. Hunger hatte sie noch keinen, darum trank sie nur zwei Tassen Kaffee.

Eilig schnürte sie die groben Halbstiefel und zog die saloppe Wildlederjacke an. Sie öffnete die Schlafzimmertür. »Richard! Der Kaffee ist fertig. Ich habe gleich ein Auswertungsgespräch mit meinem Gynäkologen. Danach bin ich in der Redaktion. Bis heute Abend.«

Sie hoffte, die Nachbarn hörten sie nicht reden, sonst dachten sie noch: *Die Bludau, die hat sie nicht mehr alle.* An Richards statt lag nur sein weinroter Pyjama, zugedeckt und drapiert mit ineinandergesteckten Ärmeln.

Elina nahm den Rucksack und verließ die Wohnung.

Nervös blickte sie auf die Uhr, denn sie hatte längst in der Redaktion sein wollen. Seit einer Stunde saß sie schon im Wartezimmer neben der Spielecke, aber die drei Frauen, die nach ihr hereingekommen waren, waren vor ihr aufgerufen worden, zuletzt eine Schwangere.

Auch war ihr flau im Magen.

Ihr Blick fiel auf das Regal mit den Kinderbüchern. Obenauf lag rosafarben ihr erstes Lieblingsbuch: *Bella Belchaud und ihre Papageien* von Elizabeth Shaw. Dieses Buch hatte ihr Heinrich oft vorgelesen, wenn sie nach der Schule in seine verwunschene Bücherhöhle gegangen war.

Was für eine lustige Geschichte das war, von dieser ältlichen Schauspielerin, die ihren Beruf aufgeben musste, weil sie die Sätze nicht mehr behalten konnte und nun zu Hause mit ihren drei Papageien *Romeo und Julia* aufführte. Peter und Lorita waren gelehrig, Polly jedoch konnte nur einen Satz sagen: *Wie wäre es mit einer Tasse Kaffee, Zuckerschnäuzchen?* Heinrich liebte das Buch genau wie sie. Und wann immer sie ihn besuchte, begrüßte er sie mit dieser Frage.

Sie nahm das Buch und schlug es auf: *Für Alexander zum siebten Geburtstag von Oma Hedwig. Im August 1972.* Jetzt musste sie doch lächeln. Das Buch gehörte Dr. Frahm und er war fünf Jahre älter als sie.

Da sie ihr Lieblingsbuch verloren glaubte, war sie versucht, das Buch heimlich in den Rucksack zu stecken. Als plötzlich die Sprechzimmertür aufging, legte sie das Buch wie ertappt zurück.

Die Schwangere eilte zielstrebig zur Toilette.

Dr. Frahm, er trug ein weißes Poloshirt und eine weiße Leinenhose, nahm die letzte Akte vom Tresen. »Frau Bludau bitte.«

Sie griff den Rucksack und stand auf.

Nachdem er die Tür aufgehalten hatte, bot er ihr den Platz vor seinem Schreibtisch an und setzte sich dahinter. Auf dem Schreibtisch fanden sich keine privaten Gegenstände, Fotos oder dergleichen. Genauso unpersönlich sah ihr Schreibtisch in der Redaktion auch aus.

»Entschuldigen Sie bitte, dass Sie heute so lange warten mussten, aber ich wollte einfach etwas mehr Zeit für Sie haben«, sagte er mit warmer Stimme.

Elina musste an Flora Markgraf denken, und wie tapfer sie gegen den Brustkrebs kämpfte, den sie *Mephisto* nannte. Aber auch, wie *Mephisto* Flora gezwungen hat, vor der Zeit Rückschau zu halten.

»So schlimm?«, fragte sie mit belegter Stimme.

»Nein, nein.« Er blätterte in der Akte.

Sie betrachtete seine kurzen weißen Haare, deren Ansatz den ehemals dunklen Schopf erahnen ließen, und sein schmales Gesicht mit der wettergegerbten Haut, vermutlich spielte er Golf. Segeln und Tennis schloss sie einfach mal aus. Nachdenklich las er den Befund, als läse er ihn zum ersten Mal.

»Wollen Sie uns schon verlassen, Frau Bludau?«, fragte er schließlich.

»*Verlassen?* Wie meinen Sie das?«

»Das war ein Scherz. Nun, der Laborbefund ist Ihrem Alter entsprechend normal. Bitte erschrecken Sie jetzt nicht, aber er kündigt die Menopause an. Genau festlegen lässt sich die Menopause allerdings nur rückblickend.«

»Meno ... Pause ... vom Leben? Der Anfang vom Ende?«

»Sie sind eine schöne, kluge Frau und definieren sich hoffentlich nicht nur über Ihre Fruchtbarkeit. Sie haben eine erwachsene Tochter. Weiteren Kinderwunsch schließe ich bei Ihnen mal aus, oder?«

»Das ist schon richtig. Aber überrascht bin ich jetzt doch. Ich bin doch erst achtundvierzig.« Sie knetete den Rucksackgurt.

»Eine meiner Patientinnen ist vierzig und hat massive Beschwerden. Falls Sie Hitzewallungen, Schlafturbulenzen und Stimmungsschwankungen bekommen, kann ich Ihnen gern was dagegen aufschreiben.«

»Ja – nein. Und wenn ich in der Apotheke das erste Blasenschwächemittel kaufe, bekomme ich dann Rabatt?«

»Ist das Ihr Ernst?«

»Das war ein Scherz. Es steht jetzt eins zu eins.« Sie lachte kurz. »Ist aber nur Galgenhumor.«

»Haben Sie schon Beschwerden?«

»Ja – nein.«

»Sie können aber auch selbst etwas tun. Beckenbodengymnastik und Bewegung an frischer Luft zum Beispiel. Laufen Sie?«

»Gelegentlich«, antwortete sie schnell.

Er lachte. »Das ist gut. Der Körper gerät zwar ins Schwitzen, aber die körpereigene Wärmeregulation verbessert sich dadurch dauerhaft. Für das Hautbild ist Bewegung natürlich auch gut. Und bevor Sie sich vom Turm der Petrikirche stürzen: Im Englischen werden die Wechseljahre *Change of Life* genannt. Nun, Veränderung ist am Anfang hart.«

Elina nickte stumm. Sie hatte all ihre Worte verloren.

»Das Leben hält sicherlich noch Überraschendes für Sie bereit, und ich kann Ihnen nur raten, gelassen zu sein.« Er lächelte ihr aufmunternd zu.

Wahrscheinlich konnte er die Klageweiber nur mit Humor ertragen. Elina konnte sich gut vorstellen, dass einige seiner Patientinnen gern mal die Kleider vor ihm fallen ließen oder sich gern mal von ihm einladen ließen: *Wie wäre es mit einer Tasse Kaffee, Zuckerschnäuzchen?* Zum Lachen war ihr allerdings nicht zumute.

»Wann immer Sie meine Hilfe brauchen, kommen Sie einfach vorbei.«

»Ja.«

Er verabschiedete sich mit kräftigem Händedruck. »Was ich Ihnen noch sagen wollte: Ihren Artikel über das Schredderbild von Banksy fand ich interessant. Ja, wer bestimmt, was Kunst ist und welchen Wert ein Kunstwerk hat?«

»Danke.« Sie nahm den Rucksack und ging benommen aus dem Sprechzimmer; die Jacke zog sie sich beim Hinausgehen an.

Der Wind war böig und wirbelte das Laub auf dem Gehweg auf. Elina schlug den Jackenkragen hoch und eilte mit hochgezogenen Schultern, den Rucksack schützend vor der Brust haltend, zur nächsten Bäckerei. Als sie eintrat, bediente die Verkäuferin gerade eine ältere Frau.

Hinter der Frau stand ein untersetzter Mann in den Sechzigern. Er trug einen Parka und eine blaue Dockermütze. Er schwankte, als er sich zu Elina wandte, bemühte sich aber um eine aufrechte Haltung. Im Knopfloch seines Parkas steckte eine verwelkte Rosenblüte. Er schaute ihr in die Augen. »Ich bin nicht das Leben. Aber Sie sind auch nicht das Leben. Sie haben so traurige Augen. An Ihren Augen sieht man, dass Sie keine heile Familie haben.«

Seine Fahne nahm ihr den Atem, seine Worte taten es auch.

»Was möchten Sie bitte?«, fragte die Verkäuferin den Mann, nachdem sie die Frau abkassiert hatte.

»Sie zuerst, meine Dame«, sagte der Dockermützenmann zu Elina. »Sie sehen so traurig aus.«

»Danke.« Sie kaufte ein belegtes Baguette und ging zur Tür.

»Und Sie?«, hörte sie die Verkäuferin fragen. »Was möchten Sie bitte?«

»Eine heile Familie.«

Elina wandte sich kurz um, dann eilte sie hinaus.

Elina klopfte an die Tür des Chefredakteurs. Da niemand antwortete, öffnete sie leise die Tür zur Pilotenkanzel, so nannte er seinen Glaskasten.

Hannes saß in Gedanken versunken am überladenen Schreibtisch, die schwarze rechteckige Brille war verrutscht. Gleich würde er sie mit dem Mittelfinger hochschieben. Eine Geste, die er schon in der Schule gemacht hatte. Das Gestell ähnelte sogar der Brille von damals. Er hielt ein Foto in der Hand und strich liebevoll darüber. Sie wusste, dass es das Foto von Flora war, auf dem sie noch ihre langen dunklen Haare hatte.

Das Klingeln des Telefons holte Hannes zurück. »*Rostocker Rundschau*, Markgraf.« Er schob die Brille mit dem Mittelfinger hoch. »Herr Dornbusch, ich weiß, wie wichtig die Ausstellung für Sie ist, sie wird der Aufmacher am Montag sein ... Es wird auf jeden Fall jemand kommen, Sie können sich darauf verlassen ... Auf Wiederhören.« Er legte auf. Dann erst bemerkte er sie. »Da bist du ja endlich.« Hannes stand auf und gab ihr die Hand.

»Entschuldige bitte, dass ich so spät komme.«

»Was hat dein Arzt gesagt? Ist alles in Ordnung?« Er fuhr durch seine wirren Haare.

»*Wollen Sie uns schon verlassen, Frau Bludau?*«

»So schlimm?«

»Als wir damals zusammen auf einer Bank gesessen haben, hätte ich mir nie träumen lassen, dass ich mit dir mal über meine Wechseljahre reden würde.« Sie lächelte gequält. »Nun: Ich wechsle den Zyklus – hinüber zur unsichtbaren Frau.«

Er schwieg eine Weile, dann räusperte er sich. »Flora würde gern noch den Zyklus der unsichtbaren Frau erreichen.«

»So schlimm?«

»Gestern bei der Chemotherapie hat sie gesagt: *Und für meinen Mann bitte einen Schoppen Rotwein.*«

»Und? Hast du den Wein bekommen?«

»Ja.«

Hannes zog eine kleine goldene Figur aus der Hosentasche. Es war ein Frosch im Lotossitz, der seine Korallenfinger über dem Scheitel aneinandergelegt hatte, so dass es aussah, als trüge der Wasserpatscher eine Krone. »Den Meditationsfrosch hat Flora mir geschenkt, damit er mich daran erinnert, gelassen zu sein. Dabei hätte sie ihn nötiger.« Er steckte den Frosch wieder ein.

»Ach Flora. In dunklen Stunden hat sie noch Humor. Deine Blume wird nicht welken. Darauf vertraue ich. Sie wird den Zyklus der unsichtbaren Frau noch erreichen.« Elina schaute Hannes an.

Sie schwiegen beide.

»Apropos Zyklen«, sagte Hannes schließlich. Er nahm eine Einladungskarte vom Tisch und reichte sie ihr.

Die Karte war vom Kunstpalast: Vier schwarze Vierecke auf weißem Grund und nur drei davon hatten einen roten Kreis an verschiedenen Ecken. Darunter stand *Friedrich Nerbaß – Zyklen.*

»Friedrich Nerbaß ist ein berühmter Maler. Kennst du ihn?«

»Nein.«

Hannes lachte. »Du kannst ihn kennenlernen. Die Eröffnung am Sonnabend um siebzehn Uhr soll der Aufmacher für Montag sein. Arne Weißbach war vorhin bei mir. Er hat zwar Wochenenddienst, aber er hat um Vertretung gebeten, da er abends einen wichtigen privaten Termin hat. Wenn Flora nicht Geburtstag hätte, hätte ich auch den Beitrag übernommen. Ich weiß, dass du dich auf dein freies Wochenende freust, aber würdest du bitte den Abendtermin übernehmen und den Beitrag und die Fotos bis Sonntagmittag senden?«

»Da kann ich wohl nicht Nein sagen.«

»Dein Beitrag über Banksy hat ja schließlich geklickt.«

»Den zu schreiben hat Spaß gemacht.« Elina blickte durch die Glasfront zu den Kollegen im Großraumbüro. Ihr Schreibtisch und der von Arne, ihrem neuen aufstrebenden Kollegen Anfang dreißig, standen Kopf an Kopf. Er schien sie beobachtet zu haben. Ertappt nickte er ihr zu, bevor er sich wieder dem Bildschirm zuwandte.

»Weißt du, ob Arne eine Freundin hat?«, fragte Hannes.

»Nein. Was sein Privatleben angeht, hält er sich bedeckt. Aber ich glaube, er hält mich für deinen Zuträger.«

»Er kann ja nicht wissen, dass wir zusammen auf einer Bank gesessen haben. Leider hast du mich nicht gesehen, Elina

Heiden. Ich war nur der Brillen-Hannes, von dem man gut abschreiben konnte. Reni und alle anderen Mädchen in der Klasse hatten sich in Richards blauen Augen verloren, nur du nicht, aber dich hat er genommen.«

»Ach, Hannes! Das ist Jahre her. Und in Richards blauen Augen hat sich längst eine andere Frau verloren.«

»Entschuldige bitte, ich wollte dir nicht wehtun. Apropos Reni: Wie geht es ihr?«

»Ich weiß es nicht. Unsere Freundschaft ist eingeschlafen, vor Jahren schon, ich weiß gar nicht, warum? Sie hat ein Reisebüro am Doberaner Platz: *Conradi-Reisen*. Ich bin schon öfter daran vorbeigegangen.«

»Conradi? Ihr Mädchenname war Conradi, Verena Conradi, aber alle haben sie nur *Reni* genannt, sogar die Lehrer. Auf Klassenfahrten hatte Reni immer über Heimweh geklagt. Hat sie inzwischen gar Fernweh bekommen?«

»Keine Ahnung. Vielleicht sollte ich den ersten Schritt tun und sie einmal besuchen, wenn ich Zeit habe.“

»Wenn du Zeit hast? Die Frage lautet: Wie viel Zeit vergeudest du?«

»Kein Wunder, dass ich von dir abgeschrieben habe.« Sie strich zärtlich über die verblasste Narbe auf seiner Wange. »Aber ich habe dich zum Arzt gebracht, als du vor der Jugendweihe mit Dynamit experimentiert hast und ich den Finger durch deine Wange stecken konnte, nachdem die Flasche dann doch noch explodiert ist, während Reni und Richard in Heinrichs Bücherhöhle geflüchtet sind. Zum Glück hattest du den Arm schützend vor die Augen gehalten. Und zur Jugendweihe trugst du das gleiche beige-braun karierte Sakko und die gleiche braune Hose wie zwei andere Jungs auch, aber durch den frischen Schmiss warst du gut auf allen Fotos zu erkennen.«

»Wenn du das sagst, wird es so gewesen sein. Aber ich erinnere mich genau an dein schönes blaues Samtkleid.«

»Das Kleid habe ich aufgehoben. Den Samt hatte Helene mir von einer Gastspielreise aus dem Westen mitgebracht und eine Maßschneiderin hat das Kleid nach meinem Entwurf genäht. Es war ein Unikat.« Sie seufzte. »In deinem Interesse muss ich jetzt aber arbeiten gehen.«

»Ich hoffe auch in deinem Interesse.«

»Nein, die Arbeit hier ist nur Broterwerb. Gern würde ich mal etwas anderes schreiben, ohne den ständigen Termindruck, erzählende Prosa zum Beispiel.«

»Wie Heinrich?«

»Wie Heinrich.«

»Aber die Verleger ignorieren ihn seit Jahren.«

»Das stimmt leider.«

»Heinrichs Bücherhöhle war damals unser Zufluchtsort. Zuerst hatte er für uns gekocht: Hefeklöße mit Fruchtsoße oder Eierkuchen mit Blaubeeren oder Kirschen. Oder Senfei oder Fleischklößchen mit Petersiliensoße – immer nach dem handgeschriebenen Kochbuch seiner Oma Rosa. Die Gerichte haben mir nie wieder so gut geschmeckt wie damals bei ihm. Und nach dem Abräumen half er uns bei den Hausaufgaben oder las Geschichten vor«, sagte Hannes.

»Ja«, erwiderte Elina. »Während Richard, Reni, du und ich uns auf dem alten Sofa im Wohnzimmer gelümmelt haben, hat Heinrich uns mit seiner tiefen Stimme in die Welt der Geschichten getragen.«

»In Heinrichs Bücherhöhle war alles wieder gut, auch wenn draußen der Sturm fegte.«

»Das ist heute noch so.«

»Grüß Heinrich herzlich von mir, wenn du ihn wieder besuchst.«

»Gern. Ich war schon eine Weile nicht mehr bei ihm.« Elina ging mit der Einladungskarte hinaus.

In der Kaffeeküche brühte sie sich am Vollautomaten eine Tasse Kaffee. Hannes kümmerte sich selbst um den Automaten. Er sorgte auch dafür, dass immer frische Bohnen vorrätig waren. Sie nahm noch einen Teller für das Baguette aus dem Schrank und marschierte zum Schreibtisch.

Arne schaute sie fragend an.

Elina wedelte mit der Einladungskarte. »Ich übernehme, dann viel Vergnügen bei was auch immer.«

»Danke, vielleicht kann ich dir auch mal helfen.«

»Bestimmt.« Sie fuhr den Rechner hoch und verschlang erst einmal das Baguette. Der Kaffee belebte sie ein wenig.

Dann suchte sie im Netz nach den Öffnungszeiten von *Conradi-Reisen: Dienstag bis Sonnabend von zehn bis siebzehn Uhr.* Danach tippte sie *Friedrich Nerbaß* in die Suchleiste.

Ein Wort jedoch ging ihr nicht aus dem Sinn: *Menopause.*

Sie betrachtete Renis Schaufenster. Ein großer Plexiglasbehälter war gefüllt mit Postkarten, die gewiss von ihren Kunden stammten. Das Schild mit den Öffnungszeiten war an den Behälter geklammert. Sie konnte Reni in ihrer weißen Bluse sehen, die vor einem Regal mit Reiseprospekten, auf denen viel Blau war, an einem hellen Schreibtisch saß und am Computer arbeitete. Vor dem Schreibtisch standen zwei orangefarbene Schalendrehstühle und auf dem Boden lagen orangefarbene Teppiche. Die Farben im Raum sollten bei ihren Kunden wohl die Sehnsucht nach Sonne, Strand und Meer wecken.

Elina könnte weiter gehen, denn noch hatte Reni sie nicht bemerkt. *Wie viel Zeit vergeudest du?*, hatte Hannes gemahnt. Schließlich trat sie ein.

Reni schaute auf. »Elina! Sag nicht, dass du verreisen willst.« Lächelnd stand sie auf und kam um den Schreibtisch herum. Sie trug eine grüne Hose und rote Pumps. Elina dagegen bevorzugte schon lange bequeme Schuhe, sie wusste gar nicht, ob sie überhaupt noch in Pumps gehen konnte.

Reni umarmte sie herzlich. »Ich freue mich, dass du gekommen bist. Ich habe schon oft an dich gedacht in der letzten Zeit. Setz dich doch bitte.« Sie zeigte auf einen Schalendrehstuhl und nahm selbst auf dem anderen Platz.

Elina öffnete die Jacke, stellte den Rucksack ab und setzte sich.

Sie musterten einander schweigend.

Reni hatte noch immer Sommersprossen und spröde Lippen, nur ihr hellrotes Haar hatte einen dunkleren Ton als früher. Doch die Falten am Hals verrieten ihr Alter.

»Die Zeichen des Alters entsetzen einen bei anderen mehr als bei einem selbst, oder?«, fragte Reni unverblümt.

Elina fühlte sich ertappt, aber Renis Falten rührten sie schmerzhafter als ihre eigene Vergänglichkeit. »Wenn man täglich in den Spiegel schaut, bekommt man den eigenen Verfall nicht so mit, wie den eines anderen, vor allem, wenn man ihn lange nicht gesehen hat.«

»Immerhin haben wir uns noch wiedererkannt.«

»Wie geht es dir?«, fragte Elina.

»Ich bin schon das zweite Mal geschieden und habe meinen Mädchennamen wieder angenommen, wie du sicherlich auf dem Schild gelesen hast.«

»Das tut mir leid.«

»Das muss es nicht. Die Unterschiede zwischen beiden Ehemännern waren allerdings nur unbedeutend.« Reni lachte. »Eigentlich hätte ich auch bei Pias Vater bleiben können.«

»Was macht Pia?«

»Ich hoffe, sie schafft das Abitur.«

»Weiß sie schon, was sie werden will?«

»Ja. Entweder Youtuber oder Spielerfrau.«

»Das sind konkrete Berufswünsche«, sagte Elina.

»Und deine Tochter?«

»Laila studiert.«

»Schauspiel an der Hochschule für Musik und Theater?«

»Nein. Lehramt an der Uni. Sie will Grundschullehrerin werden.«

»Und ich dachte, Laila hätte das Schauspiel-Gen deiner Eltern geerbt.«

»Ich habe das Theater gehasst, weil Helene und Cornelius mehr dort als zu Hause waren. Und später bin ich auch nicht ins Theater gegangen. Dann hat Helene mir oft vorgeworfen, ich würde mich nicht für ihre Kunst interessieren. Sie hat sich schon immer um sich selbst gedreht.«

»Das war schlimm damals, als dein Vater gestorben war. Da waren wir in der ersten Klasse.«

»Ja, das war es. Am Abend sind meine Eltern ins Theater gegangen und am Morgen war nur noch Helene da. Mehr weiß ich nicht darüber. Helene war Witwe mit zweiunddreißig und ich Halbwaise mit sieben.«

»Am letzten Tag vor den Weihnachtsferien, als du nicht in die Schule gekommen bist, hat unsere Klassenlehrerin uns vom plötzlichen Tod deines Vaters erzählt und uns gebeten, in der nächsten Zeit auf dich achtzugeben.«

»Das hast du mir nie erzählt.«

»Nein.«

»Wie gut, dass Heinrich in Helenes Leben kam. Und somit auch in meins. Ehrlich gesagt, steht er mir näher als Helene, obwohl sie meine Mutter ist. Aber es gibt Tage, da sehe ich von ihr lieber Nacken und Hacken.«

»Mutter und Tochter. Und ja, *Heinrich, der Wagen bricht*, haben wir immer gesagt, wenn etwas Schlimmes passiert war.«

Elina lachte. »Ja, und er hat immer geantwortet: *Nein, Herr, der Wagen nicht, es ist ein Band von meinem Herzen, das da lag in großen Schmerzen.*«

»Der eiserne Heinrich. Wie geht es ihm?«

»Ich hoffe gut, ich will ihn demnächst besuchen.«

»Nie werde ich vergessen, wie er mich getröstet hat, als meine Oma gestorben war. Es war am helllichten Tag und wir vier mussten mit ihm nach draußen gehen. Dort hat er Wunderkerzen angezündet und verteilt. *Und nun?*, hatte Richard gefragt. *Nun halten wir die Wunderkerzen hoch, damit Renis Oma den Weg zum Himmelsschloss findet.*«

»Daran kann ich mich gut erinnern.«

»Grüß ihn bitte herzlich von mir.«

»Gern.«

»Und Richard? Wie geht es ihm?«

Elina seufzte. »Er ist vor anderthalb Jahren ausgezogen.«

»Lass mich raten: Sie sieht so ähnlich aus wie du, ist aber fünfzehn Jahre jünger?«

»Knapp daneben: siebzehn Jahre. *Ich bin Benita Rojahn, die Geliebte Ihres Mannes*, waren ihre ersten Worte gewesen. *Mach's gut*, waren seine letzten.«

»Ach Elina. Und ich habe immer gedacht, als das Glück verteilt wurde, hast du vorn gestanden.«

Elina wischte die Tränen mit dem Handrücken ab.

»Du trägst immer noch deinen Ehering«, sagte Reni erstaunt. »Hast du seinen Schlafanzug auch noch im Ehebett liegen, in der Hoffnung, er kehrt zurück?«

»Nein«, sagte Elina schnell. Sie verheimlichte auch, dass sie seitdem jeden Abend eine brennende Kerze ins Fenster stellte, damit Richard den Weg nach Hause finden würde.

»Eure Hochzeit war die schönste, auf der ich jemals getanzt habe. Und du warst so schön in dem blauen Taftkleid mit den schmalen Trägern, dem geschnürten Mieder und dem bauschigen langen Rock. Du trugst einen Rosenkranz, den Richard sich zu später Stunde auf den Kopf gesetzt hatte, als er dich übermütig wie beim Tango auf der Tanzfläche herumgewirbelt hat.«

»Von diesem Tanz gibt es ein Foto, wie er mich seitlich im Arm hält und verliebt anschaut. Hannes hat es gemacht.« Das Foto stand noch immer auf ihrem Schreibtisch. Sie wischte sich erneut die Tränen ab.

Nachdem Reni ihr ein Taschentuch gegeben hatte, stand sie auf und ging in den Nebenraum. Dort klapperte sie mit einer Dose. Kurz darauf kam sie zurück. »Halte mal deine Hand auf!«

Elina stopfte das Taschentuch in die Jeans, hielt die Hand auf und Reni zählte ihr zehn Kaffeebohnen hinein.

»Was soll ich mit den Bohnen machen?«

»Ist für das Ritual.«

»Für welches Ritual?«

»Habe ich mal gelesen: Traurige Menschen sollen sich zehn Kaffeebohnen in eine Hosentasche stecken, in die unglückliche Hosentasche sozusagen. Und immer, wenn der traurige Mensch einen guten Moment hat, soll er eine Bohne in die glückliche Hosentasche stecken. Am Abend holt er dann die Bohnen aus der glücklichen Hosentasche und lässt die guten Momente noch einmal Revue passieren. Auf diese Weise findet der Traurige langsam ins Leben zurück. Ist so!«

»Und du? Hast du auch Bohnen in der Tasche?«

»Nein. Mir geht es gut. Ich habe mich bei einer Online-Partnervermittlung angemeldet.«

»Na, was findest du denn noch mit Ende vierzig auf der Reste-Rampe?«

»*Reste-Rampe!* Wie du redest. Früher hast du zwar immer die Jungs gekriegt, in die ich verliebt war, aber wir können uns mein Profil dort gern teilen, wenn du möchtest.«

»Wie lautet denn deine Schlagzeile?«

»*Einzeln stehende Herbstzeitlose fürchtet sich vor dem Winter.*«

»*Einzeln stehende Herbstzeitlose!*« Elina lachte herzhaft wie lange nicht. »Nein, danke. Wir sehen uns nicht ähnlich. Du bist die kupferrot gefärbte Pippi Langstrumpf und ich die blondierte Annika kurz vor der Menopause.«

»Als Kind sah ich aus wie Pippi Langstrumpf und du wie Annika. Aber unsere Wesen waren vertauscht. In mir steckte die schüchterne Annika und in dir die wilde Pippi. Bist du etwa schon wechseljährig?«

»Mein Gynäkologe sagt Ja, aber ich fühle mich noch nicht so. Nur manchmal schwitze ich schon. Und nein, ich suche keinen anderen Spätblüher mehr. Im Winter werde ich welken und Schnee wird auf mich fallen.«

»Wer ist denn dein Gynäkologe?«

»Dr. Frahm.«

»Bei dem bin ich auch. Hach, ein Traum in Weiß. Einen Arzt hatte ich noch nicht. Frahm ist seit neun Jahren geschieden, aber leider bei keiner Partnervermittlung registriert. Das hat mir seine Sprechstundenhilfe verraten, als sie eine Reise gebucht hat.«

»Das hat er wohl nicht nötig.«

»Nein, hat er nicht. Zurück zu meiner Schlagzeile. Findest du sie originell?«

»Ich weiß nicht. Sie klingt ein wenig pessimistisch.«

»Hast du eine bessere Idee? Du bist doch geübt im Schlagzeilenfinden.«

»Vielleicht: *Wenn ich wüsste, du würdest sie finden, würde ich eine Flaschenpost ins Meer werfen.* Aber ach, hör nicht auf mich. Was weiß ich denn schon über originelle Schlagzeilen auf Datingportalen.« Elina schaute auf die Uhr. »Ich muss los, ich vertrete einen Kollegen im Kunstpalast zur Ausstellungseröffnung von Friedrich Nerbaß.«

»Friedrich Nerbaß? Noch nie gehört.«

Elina lachte. »Hatte ich vorher auch nicht, aber Hannes Markgraf will einen Aufmacher über ihn haben.«

»Der Brillen-Hannes! Als seine Dynamitflasche doch noch explodiert ist, sind Richard und ich weggelaufen. Nur du bist geblieben und hast ihm geholfen. Wer hätte damals gedacht, dass er mal dein Chef wird.«

»Damals haben wir so manches nicht gedacht. Aber Hannes ist ein guter Chef, absolut loyal und unkompliziert, was selten ist. Er versteht es, die Mitarbeiter zu motivieren und ist sich nicht zu schade, im Notfall selbst einen Beitrag zu übernehmen.« Elina schüttete die Bohnen in die Hosentasche.

»Vielleicht wechselt heute schon eine Bohne in die andere Hosentasche?« Reni lachte.

»Verkaufst du Reisen oder machst du Lebensberatung?«

»Das eine schließt das andere nicht aus. Beim Reisen geht es ja auch um Sehnsüchte. Meine Kunden buchen Momente, die ihnen den Atem rauben sollen.«

»Ja, wenn sie nämlich eine Innenkabine auf einem Kreuzfahrtschiff buchen.«

»Elina!«

»Das war ein Spaß. Aber ich wundere mich schon: Du verkaufst Reisen? Und das bei deinem ewigen Heimweh.«

»Ja, das ist Eigentherapie. Ich reise in Gedanken an die Orte, an die andere in Wirklichkeit fahren.«

Die Tür ging auf und ein älteres Ehepaar kam herein.

»Ich will wieder an den Gardasee fahren«, sagte sie.

»Aber da fahren wir doch schon seit Jahren hin«, sagte er.

Reni verdrehte die Augen. »Kommst du mich wieder besuchen?«

»Ja.« Elina stand auf und ging an dem Ehepaar vorbei zur Tür.

»An den Gardasee!«

»Nein!«

Elina ging hinaus. Dunkelblaue Wolken waren inzwischen heraufgezogen.

Die Wolken färbten sich schon dunkelgrau, als Elina zur Eingangstür eilte. Die letzten Besucher gingen gerade rein. Vor der Tür stand nur noch ein hochgewachsener Mann mit wilder schwarzer Mähne und Bartschatten. Er war lässig gekleidet mit Jeans, schwarzem Pullover und braunem Cordsakko. In der einen Hand hielt er zwei Einladungskarten, in der anderen ein Smartphone, auf das er starrte.

Als Elina an ihm vorbeiging, sah er auf. »Brauchen Sie noch eine Karte?«

»Nein. Danke.«

Die Stühle im Saal waren alle besetzt. Einige Besucher standen hinter den Stuhlreihen, andere saßen auf der Treppe, die hinauf zur Ausstellung führte. Sie setzte sich auf die Treppe neben drei Frauen mittleren Alters, die sich geputzt hatten, und holte Kamera, Notizbuch und Stift aus dem Rucksack.

In der ersten Reihe saß auffällig gerade ein schwarz gekleideter weißhaariger alter Herr mit Bart.

Friedrich Nerbaß.

Neben ihm saßen wichtig dreinblickende Herren in Anzügen. Es hatte ihr immer gefallen, wenn Richard einen Anzug getragen hatte.

Herr Dornbusch, der Leiter des Kunstpalastes, erhob sich, ging zum Pult und hielt eine kurze Begrüßungsrede. »Und endlich, endlich ist es uns gelungen, Friedrich Nerbaß mit seinen bemerkenswerten Bildern nach Rostock zu locken.«

Die Besucher applaudierten.

Elina notierte Dornbuschs Worte. Sein letzter Satz könnte das Kopfzitat werden.

Friedrich Nerbaß erhob sich und schritt zum Pult, während Dornbusch ehrfurchtsvoll zurücktrat. Friedrich Nerbaß schaute eine Weile gebieterisch ins Auditorium.

In diese Stille hinein schrillte eine Fahrradklingel. Ein hinten stehender Besucher hatte eine SMS erhalten. Es wurde unruhig im Saal, einige Besucher drehten sich um.

»Sorry«, sagte der Cordsakkomann laut und schaltete sein Smartphone stumm.

Friedrich Nerbaß räusperte sich. »Ich freue mich – wie jeder Künstler, wenn er wahrgenommen wird –, dass der Kunstpalast meine Werke doch noch zeigt, da ich am Ende meiner Schaffenszeit angekommen bin. Hier hingen schon Werke von Richter, Roversi und anderen bedeutenden Malern und Fotografen aus dem In- und Ausland.«

Während Friedrich Nerbaß sprach, beobachtete Elina den Cordsakkomann, der das Smartphone wütend in die Jacke steckte, nachdem er die Nachricht gelesen hatte. Auch die drei Geputzten schauten länger zu ihm hin. Und ein Herr im Anzug aus der ersten Reihe konnte den Blick nicht von ihm lösen, bis ihn sein Nachbar anstieß.

Friedrich Nerbaß wandte sich an Dornbusch. »Für diese Ehre danke ich Ihnen.« Dann wandte er sich wieder an die Besucher. »Die Bilder, die ich für diese Ausstellung ausgewählt habe, zähle ich zu meinen besseren. Sie stammen aus verschiedenen Schaffensperioden. Ich habe es geliebt, großformatige Bilder zu malen. Aber ich habe auch die Druckgrafik geliebt, die den Künstler zwingt, sich auf das Wesentliche zu konzentrieren. Spaßeshalber habe ich noch eine Zeichnung aus Kindertagen hinzugefügt. Danke, dass Sie gekommen sind.« Friedrich Nerbaß verneigte sich wie ein Schauspieler, der auf den frenetischen Schlussapplaus wartete, der dann auch folgte.

Als Elina ihn fotografierte, musste sie unvermittelt an Helene und Cornelius denken. Das Bild aber, das sie von Cornelius hatte, war nur noch ein Schemen.

Nach dem Begrüßungsakt strömten die Besucher in die Ausstellung. Aber Elina hatte es nicht eilig.

An der Wand neben dem Eingang hing riesengroß das Bild von der Einladungskarte: Vier schwarze Vierecke auf weißem Grund und nur drei davon hatten einen roten Kreis an verschiedenen Ecken. Das Original zog den Betrachter magisch an, wirkte anders als die Reproduktion auf der Karte.

Dann ging sie zu einem kleinen Bild. Es war eine aus einem Schulheft gerissene Seite mit einer Bleistiftskizze. Nur wenige Striche, die den künftigen Maler ahnen lassen.

Elina ging weiter.

Vor jedem Bild drängelten sich die Besucher. Einige bedrängten auch Friedrich Nerbaß, diskutierten mit ihm und gaben sich kenntnisreich mit großen Gesten. Friedrich Nerbaß schien die Aufmerksamkeit zu genießen.

Elina entdeckte den Cordsakkomann und beobachtete, wie genau er ein Bild betrachtete, ja es zu studieren schien. Sie sah auch die drei Geputzten wieder, die sich weniger für die Bilder interessierten, sondern mehr für die anwesenden Herren. Vermutlich waren es auch einzeln stehende Pflanzen auf der Suche nach anderen Solitären. Sie tuschelten und kicherten, als der Anzugmann aus der ersten Reihe wie aus Versehen den Cordsakkomann rempelte. Er entschuldigte sich und berührte den Cordsakkomann beinahe zärtlich am Arm. Der lachte nur und ging weiter.

Elina wandte sich wieder den Bildern zu. Was sollte sie über diese Ausstellung schreiben? Alexandre Dumas hatte immer einen *Haken* gebraucht, an dem er seine Geschichte aufhängen konnte. Noch hatte sie den *Haken* für den Artikel nicht gefunden. Sie würde ihn in dem Moment finden, in dem sie gerade nicht an ihn dachte. *Man erlangt die Dinge dann, wenn man sie nicht mehr begehrt.* Vorerst schoss sie weitere Fotos sowohl von Friedrich Nerbaß und einigen Gemälden als auch von den Besuchern.

An einer Wand hingen sieben Druckgrafiken. Auf dem Schild daneben stand: *Hans im Glück, 2017.*

Wie interessant. Als Kind hatte Elina immer gedacht, wie dumm der Hans doch sei, denn er verschlechtert sich mit jedem Tausch. Aber von Friedrich Nerbaß gedeutet, ergab das Märchen plötzlich einen Sinn.

Während sie den Zyklus im Einzelnen fotografierte, gesellte sich der Cordsakkomann zu ihr. »Als Kind habe ich immer gedacht, dass das Märchen *Hans im Pech* heißen müsste.« Er war gut einen Kopf größer als sie, bestimmt eins neunzig, gut zehn Jahre jünger und hatte braune Augen, eine knochige, gerade Nase und ein kantiges Kinn. Er wirkte anziehend. Sie verstand, warum sich die drei Geputzten und der Anzugmann nach ihm umgedreht hatten.

»Ja«, sagte Elina, »genauso ist es mir auch ergangen.«

Eine Weile betrachteten beide schweigend den Zyklus.

»Beim Betrachten eines Kunstwerkes wird jeder eine andere Wahrheit darin finden«, sagte Elina schließlich. »Da jeder dieses Werk mit seinem Wissen, mit seinen Erfahrungen und Gefühlen betrachtet, entsteht etwas Neues. Etwas Eigenes.«

»Wie recht Sie haben. Und somit kann auch die Stimme eines Kritikers nur die eines Solisten sein. Er singt nicht im Chor. Sind Sie als Kritikerin hier?«

»Nein, als Redakteurin der *Rostocker Rundschau.* Ich soll nur über die Ausstellung berichten, nicht den Künstler richten. Und Sie? Sind Sie Maler?«

»Ja«, sagte er, »aber noch lange nicht so gut wie Nerbaß.« Er seufzte tief.

»Welche Worte haben Sie so nachhaltig gekränkt?«

»In Seelenkunde hatten Sie wohl eine Eins plus! Nun: *Als ich die Ausstellung verließ, regnete es. Und ich dachte still bei mir: Auch das noch!*«

»Wenn es still bei ihm geblieben wäre, wäre es in Ordnung gewesen. Aber so hat der Kritiker Sie in der Öffentlichkeit geohrfeigt. Vielleicht hat er früher selbst gemalt, ist aber nicht so weit gekommen wie Sie, da er vorher aufgegeben hat.«

»Das könnte sein. Wochenlang konnte ich nicht malen. Dann habe ich mich langsam mit Bleistift und Skizzenbuch in mein Handwerk zurückgemalt. Aber die harsche Kritik hat mich auch extrem hart und widerstandsfähig gemacht. Wie Treibholz.« Er lachte. »Ich muss malen, allen Widrigkeiten zum Trotz. Und von den Meinungen anderer, egal ob gut oder schlecht, lasse ich mich nicht mehr aufhalten.«

Elina konnte ihm nachfühlen. Sie hatte nicht mehr schreiben können, nachdem Richard sie verlassen hatte. Ein Vierteljahr war sie krankgeschrieben gewesen. Auch sie hatte sich langsam nur zurückgeschrieben: Ein Tag, ein Satz. Der nächste Tag, der nächste Satz. Dann wurden es zwei und drei Sätze am Tag, bis sie schließlich wieder arbeiten konnte. Sie war Hannes dankbar dafür gewesen, dass er sie damals nicht gedrängt hatte. Ein anderer Chef hätte das vermutlich getan.

»Der Zyklus ist übrigens sein Spätwerk. Haben Sie seine Kinderzeichnung gesehen? Das gleiche Motiv finden Sie hier auf der letzten Grafik wieder«, sagte der Maler. »Vielleicht ist das wichtig für Ihren Artikel.«

»Danke.« Endlich hatte sie den *Haken* gefunden. Sie würde mit seinem Spätwerk anfangen. Und mit der Kinderzeichnung enden.

Es regnete, als Elina später aus dem Kunstpalast trat. Sie streckte die Handfläche in den Regen.

»Auch das noch«, hörte sie jemanden hinter sich sagen.

Sie wandte sich um.

Der Maler lehnte an der Wand unter dem Dach und grinste.

»Nein«, sagte sie. »Es ist eine staunenswerte Ausstellung. Ich wünschte, ich hätte Friedrich Nerbaß und seine Bilder schon eher entdeckt.«

»Es gibt so viele Maler, so viele Bilder. Man trifft immer nur eine Wahl. Ich habe mich noch gar nicht vorgestellt. Ich bin Matti. Matti Sander. Würden Sie noch ein Bier mit mir trinken gehen?«

»Erstens muss ich nach Bier immer rülpsen. Und zweitens bin ich verheiratet.« Sie hielt ihm die Hand mit dem Ehering hin. Warum eigentlich? Hatte sie gerade mit ihm geflirtet und dann doch Angst bekommen?

»Schade. Ich bin gerade wieder Single.«

»Die SMS?«

»Die SMS.«

»Ihr Singledasein ist vermutlich nur von kurzer Dauer. Es gab da drei interessierte Damen.« Sie lachte. »Ach ja, auch einen *Mann.*«

»Nur *einen* Mann?«, fragte er gespielt empört. »Vielleicht trinken Sie ja das nächste Mal ein Bier mit mir?«

»Vielleicht?« Sie lachte. »Vielleicht auch nicht. Sie sollten besser eine Frau in Ihrem Alter ausführen, vermutlich sind Sie wesentlich jünger als ich.«

»Na und? Verraten Sie mir wenigstens Ihren Namen?«

»Elina. Elina Bludau.« Sie lief in den Regen hinaus und sprang übermütig über die Pfützen.

Als sie aus seiner Sichtweite war, stellte sie sich in einen Hauseingang und atmete tief durch.

Matti.

Matti Sander.

Er war bestimmt erst Ende dreißig.

Obwohl sie laut lachen musste, holte sie eine Kaffeebohne aus der unglücklichen Hosentasche und steckte sie in die glückliche.

Der Wecker klingelte. Ärgerlich stellte sie ihn aus, noch zehn Minuten, es war schließlich Sonntag. Sie rekelte sich. In dieser Nacht hatte sie keine Schweißattacke gehabt. Wie gut.

Schließlich stand sie auf, denn sie musste ja den Aufmacher über Nerbaß schreiben. Sie schaute zur Seite. Reni kannte sie gut, zu gut: In Richards Bett lag immer noch sein weinroter Pyjama, so, als läge er im Bett. Eher, als läge eine Leiche im Bett, was nicht abwegig war.

Im Bad sprach Elina wieder mit dem Spiegel: *»Ich bin nicht das Leben. Aber Sie sind auch nicht das Leben. Sie haben so traurige Augen. An Ihren Augen sieht man, dass Sie keine heile Familie haben.«* Wie recht der betrunkene Dockermützenmann hatte.

Da entdeckte sie ein Haar am Kinn. *Oje!* Sie nahm die Pinzette und zupfte es aus. Sie musste unbedingt noch Laila bitten, ihr die Haare vom Kinn zu zupfen, sollte sie einmal nicht mehr dazu in der Lage sein. Falls sie mal auf der Intensivstation liegen sollte oder so. »*Menopause.* Herr Dr. Frahm, was für ein Wort!«

Nach dem Duschen zog sie sich an, kochte Kaffee und deckte den Tisch. Auch für Richard.

»Kaffee?«, fragte sie die Thermoskanne hinhaltend und kam sich vor wie der Butler James in *Dinner for One,* aber ein imaginärer Richard war besser als allein zu sein. Dann goss sie sich Kaffee ein und stellte die Kanne auf den Tisch.

Während sie sich ein Brötchen schmierte, unterhielt sie sich mit dem imaginären Richard. »Gestern war ich bei Reni. Sie ist schon das zweite Mal geschieden, und eigentlich hätte sie bei ihrem ersten Mann bleiben können. Nun fürchtet sich die einzeln stehende Herbstzeitlose vor dem Winter ... Ach ja? Das hast du damals schon kommen sehen? ... Es wäre gut, wenn du wenigstens beim Frühstück dein Smartphone weglegen würdest.«

Sie genoss den Kaffee in kleinen Schlucken. »Die Ausstellung war übrigens beeindruckend gewesen. Viele Besucher waren da ... Auch drei geputzte Frauen, aber deren Interesse für die Kunst war nur ein Vorwand, der nächste Schritt wird vermutlich ein Jahresvertrag mit einer Partnervermittlung sein. Und dann fürchten sich drei weitere einzeln stehende Herbstzeitlosen vor dem Winter.«

Elina musste an Reni denken und holte die Bohne aus der glücklichen Hosentasche heraus. Sie musste unwillkürlich lächeln, dann steckte sie die Bohne zu den anderen neun in die unglückliche Hosentasche. »Übrigens war da ein interessanter Mann: ein Maler, so Ende dreißig ... Na, endlich habe ich deine Aufmerksamkeit! ... Du bist eifersüchtig? ... Das geschieht dir recht.«

Sie kam sich vor wie Helene, als sie damals zu Hause immer laut ihre Texte geübt hatte. »Ein interessanter Mann für einen Roman.«

Da war er wieder: der Traum vom Romanschreiben.

Wann hatte sie das letzte Mal einen Roman gelesen?

Das Bücherregal in ihrem Arbeitszimmer war voll und weitere Bücher stapelten sich davor, mit den Buchrücken nach außen, damit man die Titel lesen konnte. Auch könnte sie jederzeit in Heinrichs Bücherhöhle stöbern, aber sie war voller Unruhe, ihr fehlte momentan die Muße zum Lesen.

Heinrich, der Wagen bricht. Morgen Nachmittag würde sie ihn in seiner Höhle überraschen. Er würde dort sein. Am Tage war er immer dort. Nur abends ging er manchmal zu Helene.

Nach dem Frühstück räumte sie den Tisch ab. Sie stellte auch Richards Geschirr in die Spülmaschine. Die Gewohnheit halt.

Dann holte sie den Rucksack aus dem Flur und ging am Regal und den Bücherstapeln vorbei zum Schreibtisch, auf dem der Laptop lag. Vor Ordnern, Zetteln, Büromaterial, dem Abiballfoto von Laila und dem Hochzeitsfoto.

Wehmütig betrachtete sie das gerahmte Hochzeitsfoto: Richard ohne Jackett, nur mit dem weißen, verschwitzten Oberhemd, hielt sie übermütig im Arm. Seine blauen Augen blitzten schalkhaft, der Kranz mit den Rosen hing schief auf seinen braunen Locken. Ihr blaues Taftkleid war verführerisch geschnitten, nun hing es im Schrank neben dem Jugendweihekleid.

Zwei blaue Kleider. Aber es mussten damals unbewusste Entscheidungen gewesen sein, einen neuen Lebensabschnitt mit einem blauen Kleid zu beginnen.

Sie nahm den Rahmen und warf ihn wütend in den Papierkorb, so dass es klirrte.

Nicht lange, dann holte sie den Rahmen wieder heraus und fuhr über die gesprungene Glasscheibe. Welche Kreuzung war es gewesen, an der sie falsch abgebogen war?

Du trägst immer noch deinen Ehering, hatte Reni gesagt. Sie zog den Ring vom Finger und klebte ihn mit Tesafilm auf die gesprungene Scheibe.

Leider hast du mich nicht gesehen, ich war nur der Brillen-Hannes, von dem man gut abschreiben konnte, hatte Hannes gesagt.

Was wäre gewesen, wenn sie *ihn* gesehen hätte?

Schließlich zog sie die Schublade auf, legte das Foto mit der Scheibe nach unten hinein und schob die Lade so heftig zu, dass es rumste.

Sie musste endlich mit dem Artikel beginnen, sonst kündigte ihr Hannes womöglich noch. Obwohl? Möglicherweise wäre das gar nicht schlecht.

Sie klappte den Laptop auf und lud zuerst die Fotos von der Kamera herunter.

Dann klickte sie den Hans-im-Glück-Zyklus an.

Auf dem ersten Bild sitzt ein Bübchen mit Hütchen auf der Erde und bekommt einen glänzenden Klumpen gereicht. Vom unbekannten Meister sieht man nur die Hände. Wessen Hände sind das?

Auf dem zweiten Bild bäumt sich ein ungestümes Pferd auf, um den jugendlichen Reiter abzuwerfen.

Auf dem dritten Bild führt ein junger Mann eine Kuh mit prall gefülltem Euter am Strick. Der Mann auf dem vierten Bild trägt ein Schwein in beiden Armen, als trüge er ein Kind.

Wenn man jedes Ding oder Tier als ein Jahrzehnt begreift, so waren die Jahrzehnte von Kuh und Schwein mit Nestbau und Brutpflege verbunden.

Und der reife Mann auf dem fünften Bild ist nicht mehr schnell genug, um das Gänschen zu fangen. Das Gänschen könnte ein Enkelkind symbolisieren.

Auf dem sechsten Bild sitzt ein alter Mann mit Bart und schwarzem Hut erschöpft auf dem Brunnenrand. Neben ihm liegen zwei Schleifsteine und ein Stock. Elina betrachtete den Stock genauer. Nein, es war kein Stock, es war ein vertrockneter Pinsel.

Auf dem letzten Bild ist nur ein schwarzer Hut, den der Wind davonträgt. Wie malt man Wind?

Sie wusste nicht, wie lange sie geschrieben hatte, über Friedrich Nerbaß, über das Werden und das Vergehen, als sie sich schließlich erschöpft, aber zufrieden zurücklehnte.

Jetzt musste sie nur noch vier Fotos auswählen. Ein Porträt von Nerbaß, zwei kleinere von seinen Bildern und eins von den Besuchern. Dafür nahm sie ein Foto, auf dem auch Matti Sander zu sehen war. Elina war fast versucht, ihn im Netz zu suchen, aber sie ließ es bleiben. Auch wenn sie ihn niemals wieder sehen würde, diesen Mann wie Treibholz, extrem hart und widerstandsfähig, er hatte sie beeindruckt.

Elina stand neben der Laterne auf dem Gehweg zwischen der Petrikirche, von deren Turm – Rat von Dr. Frahm – sie sich nicht stürzen sollte, und der Nikolaikirche und betrachtete das Haus auf der gegenüberliegenden Seite. In ihrer Kindheit war der graue Putz teilweise abgebröckelt gewesen, wie bei allen anderen Häusern in der Stadt auch. Und im Winter hatte es im Viertel immer nach Hausbrand gerochen. Zu Lebzeiten hatte Oma Rosa das Haus vor dem Verfall gerettet, so gut sie es vermochte. Später hatte Heinrich sich um das Haus gekümmert und nach der Wende einen Kredit aufgenommen, um es sanieren zu lassen.

Nun rankte der Efeu üppig an der dunkelgrünen Fassade hinauf und um die dunkel gebeizten Holzfenster herum. Hinter den oberen Fenstern war sein geräumiges Wohnzimmer. Die Wohnküche mit großem Esstisch und das Schlafzimmer hatten die Fenster zum Innenhof hinaus. Dort war eine kleine Wiese, auf der ein Nussbaum stand. Das Bad und die kleine Abstellkammer im ersten Stock waren innen liegend.

Sie ging hinüber. Die zweiflügelige Holztür war zu je zwei Dritteln verglast und mit schmiedeeisernen Gittern gesichert. Die Kletterrose neben der Tür war schon angehäufelt. Im Sommer trug sie immer viele Blüten in kräftigem Rosa, die aber nur leicht dufteten. Die Rose hatte Heinrich zur Erinnerung an seine Oma Rosa gepflanzt.

Sie hatte Heinrich groß gezogen.

Sie hatte seine Mutter ersetzt, so wie Heinrich Elinas Vater ersetzt hatte.

Wie sich die Geschichten wiederholten.

Vor der Rose stand ein antikes schwarzes Lastenfahrrad. In den Terrakottatöpfen im Vorderradgepäckträger blühten Alpenveilchen und Heidekraut. Im Sommer stellte Heinrich immer Töpfe mit blauen Hornveilchen hinein, das waren seine Lieblingsblumen.

Seine Bücherhöhle fand man nur, wenn man wusste, wo sie war, denn nur das Schild an der Mittelstange des Rades verwies darauf: *Wolffs Antiquariat.*

Das blecherne Wendeschild hinter der Türscheibe zeigte *Geöffnet* an.

Die Ladenklingel schrillte, als sie eintrat. So hatte sie schon immer geklungen. Sie nahm den vertrauten Geruch wahr. Den Geruch von Staub auf altem Holz, den Geruch von altem Papier und altem Leder; und plötzlich war sie wieder die kleine Elina, die nach der Schule in Heinrichs Bücherhöhle ging. Wie damals spazierte sie über die abgelaufenen orientalischen Teppiche durch die verwinkelten Regalreihen aus dunklem

Holz, in denen er neben Büchern auch diverse museale Gegenstände verwahrte.

Wie damals winkte sie den beiden hölzernen Eichhörnchen mit den kleinen Glasaugen auf den Buchstützen zu, die wohl seit Jahrzehnten nicht bewegt worden waren. Sie ging vorbei an der antiken Holztruhe mit den Messingbeschlägen und den Brandflecken, auf der sich ebenfalls Bücher stapelten. Hier und dort standen einzelne alte Wiener Kaffeehausstühle.

Im hinteren Bereich saß Heinrich auf dem Kontorstuhl mit dem abgewetzten braunen Ledersitz am schweren Schreibtisch aus Eiche und schrieb mit dem Füller in ein Notizbuch.

»*Heinrich, der Wagen bricht.*«

»*Nein, Herr, der Wagen nicht, es ist ein Band von meinem Herzen, das da lag in großen Schmerzen*«, sagte Heinrich mit dunkler Stimme und schlug das Notizbuch zu. Es war rot. Er drehte die Kappe auf den Füller und legte ihn in die schlichte Blechdose. Dann stand der große kräftige Mann mit den weißen welligen Haaren und der hohen Stirn auf und umarmte Elina überschwänglich. »Da bist du ja endlich mal wieder! Wie schön.«

In Heinrichs Armen war alles gut. Sie atmete seinen Duft ein. Wie immer roch er nach Zitrone, Sandelholz und Vanille. Wie immer war er glatt rasiert. Darauf legte er Wert. Und wie immer trug er ein weißes Hemd und den grauen Anzug mit Weste aus feinem Tuch sowie eine silberne Krawatte mit weißen Punkten. *Lieber wenig, aber gut,* sagte er immer. Elina konnte sich nicht vorstellen, dass er sich im Pyjama an den

Schreibtisch setzen würde, so wie sie es manchmal tat. Er brauchte den Unterschied zwischen Tag und Nacht.

»*Wie wäre es mit einer Tasse Kaffee, Zuckerschnäuzchen?*«

»Du weißt schon, dass ich zum Berufsstand mit dem meisten Kaffeeverbrauch gehöre?«

»Ja, das weiß ich.« Heinrich lachte.

»Kaffee nein, aber ein Glas Wasser nehme ich gern.«

Heinrich ging die Treppe hinauf zu seiner Wohnung. In all den Jahren mit Helene hatte er sich diesen Rückzugsort bewahrt, den seine wohlhabende Oma Rosa ihm vererbt hatte. Ein paar der antiken Möbel hatte Heinrich verkauft, wenn das Geld mal knapp war. Auch wertvolle Erstausgaben, Geschirr, Silber und Schmuck. Zeit zum Schreiben zu haben, war ihm das Wichtigste.

Elina betrachtete den Schreibtisch, auf dem noch immer in dem verzierten Silberrahmen das Schwarz-Weiß-Foto von Oma Rosa steckte. Ein Foto aus einer längst vergangenen Zeit. Da musste sie Mitte fünfzig gewesen sein. Die üppigen Haare waren mit der Brennschere in Wellen gelegt und züchtig im Nacken gebunden. Sie trug eine gestärkte weiße Bluse, die nur wenige Falten warf und hoch geschlossen war. Um den Hals trug sie eine Kette, die bis zu ihrem Busen reichte. Daran hingen ein Medaillon und eine Taschenuhr. Sie schienen aus Gold zu sein. Das Medaillon war nicht ungewöhnlich, es war der Schmuck einer Frau. Ungewöhnlich war nur die Taschenuhr, sie musste einem Mann gehört haben. Oma Rosa war eins neunundvierzig gewesen, kaum zu sehen, aber immer gut zu hören, da sie die Stimme eines Feldmarschalls gehabt hatte. Dass sie so klein gewesen war, war auf dem Bild nicht zu erkennen. Ihr Blick war ernst. Hatte sie ein schweres Leben gehabt? Heinrich hatte sich immer bedeckt gehalten, wann immer sie nach seiner Oma gefragt hatte, und nach dem Medaillon und der Taschenuhr. *Die Geschichte meiner Familie ist traurig*, hatte er nur gesagt. *Aber irgendwann werde ich sie dir erzählen.*

Elina liebte Schwarz-Weiß-Fotos. Sie fand den Kontrast von hell und dunkel eindrücklicher als den eines Farbfotos. Verbarg das Dunkle mitunter auch ein Geheimnis?

Neben dem Bild stand der antike schwarze Fernsprecher *W 48*, den Heinrich früher immer das *Bakelit* genannt hatte. Im digitalen Zeitalter war es nur noch eine Attrappe und diente Heinrich als Ablage für seinen grauen Filzhut. Sie konnte sich noch an das Rasseln der Wählscheibe erinnern und an das Schellen, wenn das Telefon klingelte. Er konnte sich nicht von diesem alten Apparat trennen. Genauso wenig wie von der grünen Schreibmaschine der Marke *Erika* mit den abgegriffenen Tasten, die neben dem Telefon stand. Die Quittung aus dem Jahr 1961 hing eingerahmt an der Wand dahinter: *HO Industriewaren, Verkaufsstelle 47, 1 Schreibmasch.*, *423,00 Mark.* Ein stolzer Preis für damalige Verhältnisse.

Auf dem zugeklappten Laptop lagen sein Smartphone und ein Buch: *Enrico di Morra. Für Marietta. Roman.* Das Cover war schlicht illustriert. Im hellen Halbprofil waren nur die roten Lippen, ein Ohrläppchen mit einem türkisfarbenen

Ohrring und der schmucklose Hals zu sehen. Der obere Teil des schwarzen Pullovers mit rundem Ausschnitt verschmolz mit dem schwarzen Hintergrund. Elina nahm das Buch und setzte sich neben den Schreibtisch in den Relaxsessel, den Helene, Laila und sie Heinrich zum siebzigsten Geburtstag geschenkt hatten. Sie schlug das Buch auf: *Aus dem Italienischen von Eva Maria Gutzeit.* Sie las immer die Namen der Übersetzer, denn das Übersetzen war eine Kunst, die nur selten gewürdigt wird. Cornelius hatte mal den Moritatensänger in der *Dreigroschenoper* gespielt und damals oft zu Hause die Moritat gesungen. Elina erinnerte sich nur an die Strophe: *Denn die einen sind im Dunkeln ... Und die anderen sind im Licht ... Und man siehet die im Lichte ... Die im Dunkeln sieht man nicht.* Auf der linken Seite stand: *Enrico di Morra ist ein Pseudonym.* Für Marietta *ist in über dreißig Sprachen erschienen, jedoch nicht auf Italienisch, da der Autor weiterhin unerkannt in der Toskana leben möchte. Im Krößner Verlag sind lieferbar seine Erzählung* Wolfsmond, *der Kurzgeschichtenband* Ohne Rahmen *und seine Essaysammlung in zwei Bänden.*

Heinrich kam mit einem Glas Wasser zurück und stellte es auf den Schreibtisch. »Bitte.« Er setzte sich wieder auf den Kontorstuhl.

»Danke. Liest du gerade den geheimnisvollen Italiener, der seit Monaten auf den Bestsellerlisten dieser Welt steht?«

»Ich bin durch. Hast du schon was von ihm gelesen?«

»Nein.« Sie musste an Matti Sander denken. »Es gibt so viele Schreiber, so viele Bücher. Man trifft immer nur eine Wahl. Worum geht es denn in diesem Buch?«

»Falls du den Roman lesen willst, verrate ich den Inhalt besser nicht.«

Sie schlug das Buch zu. »Das kannst du ruhig tun. Ich bin mit meiner eigenen Geschichte so beschäftigt, dass ich momentan keine Muße für die Geschichten anderer Leute habe. Also, worum geht es?«

»Worum es geht? Nun: Drei Kinder – sie heißen Marietta, Carlo und Enrico – wachsen in der Nachkriegszeit in Florenz auf und sind ein unzertrennliches Kleeblatt. Aus den Kindern werden Jugendliche. Als die schöne Marietta anfing, sich die Lippen rot zu malen, verlieben sich Carlo und Enrico in sie, aber sie kann sich nicht für einen entscheiden. Carlo kann das irgendwann nicht mehr aushalten. Um Enrico nicht zu verletzen, wandert Carlo nach Amerika aus. Erstaunlicherweise folgt Marietta ihm kurz darauf und Enrico bleibt traurig in Florenz zurück.«

»Wie geht es weiter?«

»Der Atlantik ist für Enrico unüberwindbar wie eine Mauer. Aber er hat dann doch ein erfülltes Leben.«

»Und Marietta und Carlo?«

»Die beiden heiraten. Nach fünf Fehlgeburten finden sie sich damit ab, dass ihre Ehe kinderlos bleibt. Dann wird Marietta erneut schwanger und bringt ein Mädchen zur Welt. Estella. Der Name bedeutet: der Stern. Die Eltern sind überglücklich. Doch das Glück währt nur kurz, denn schon bald diagnostizieren die Ärzte bei Estella einen aggressiven, unheilbaren Hirntumor. Hingebungsvoll kümmern sich

Marietta und Carlo um ihr krankes Kind. Zehn Monate lang. Dann erlischt ihr kleiner Stern, verschwindet in die Nacht. Und Marietta und Carlo versinken in Traurigkeit. Carlo lernt irgendwann, mit dem Verlust zu leben, aber Marietta ertrinkt in ihren Tränen.«

»Wie traurig!« Elina spürte die Distel im Schlund. »Haben die drei Kleeblätter sich jemals wieder gesehen?«

»Ja, aber erst viele Jahre später. Carlo, er lebt in New York, nimmt Kontakt zu Enrico auf, nachdem er Marietta in ein Heim für Demenzkranke gebracht hat, weil er sie nicht länger allein betreuen konnte. Marietta war erst Anfang sechzig. Die Heime in Amerika sind teuer, aber Carlo verzichtet zu Mariettas Gunsten auf alle Annehmlichkeiten. Sofort fliegt Enrico nach Amerika. Carlo holt ihn vom Flughafen ab und sie fahren direkt zum Heim. Marietta ist noch immer eine schöne Frau mit rot gemalten Lippen. Obwohl Carlo sie jeden Tag besucht, erkennt sie ihn nicht. Auch Enrico ist für sie ein Fremder.«

»Wie geht es weiter?«

»Wieder in Florenz tippt Enrico wie im Fieber in neun Wochen *Für Marietta* auf der Schreibmaschine runter. Es ist die Geschichte ihrer Kindheit, ihrer Freundschaft und ihrer Trennung. Er bindet die Seiten mit einem Heftstreifen und klebt ein Schwarz-Weiß-Foto auf die Titelseite, das Marietta, Carlo und ihn als Jugendliche am Strand von Castiglione della Pescaia zeigt. Zweimal noch fliegt Enrico nach New York: Das erste Mal, um Marietta das einzige

Exemplar zu bringen, in der Hoffnung, dass sie sich doch an Carlo und ihn erinnern könne. Das zweite Mal, um an ihrer Beerdigung teilzunehmen.«

»Und weiter?«

»An Mariettas Grab gibt Carlo Enrico das Manuskript zurück. Die Seiten sind fleckig und zerfleddert. Wann immer Carlo Marietta besucht hat, habe das Manuskript auf ihrem Schoß gelegen. Ob sie sich noch einmal an Enrico und ihn erinnert hat, wusste Carlo nicht zu sagen. Da Carlo einen kleinen Verlag in New York hat, meint Enrico, Carlo könne das Manuskript haben, wenn er wolle. Carlo antwortet, er würde das Buch machen, aber erst müsse Enrico das Manuskript umschreiben. Er müsse die Namen, das Aussehen, das Alter und die Orte verändern.«

»Und weiter?«

»Noch am Grab stehend holt Carlo ein abgegriffenes Foto aus der Brieftasche und zeigt es Enrico. Darauf hält Marietta liebevoll ihre verstorbene Tochter im Arm. Gern wüsste Carlo, wie Estella jetzt aussehen würde und welche Eigenschaften und Talente sie hätte. Seine letzten Worte aber sind: *Marietta wäre glücklicher geworden, wenn sie bei dir in Florenz geblieben wäre.*«

»Was für eine traurige Geschichte!« Elina versuchte, die Distel runterzuschlucken. »Aber wie hat di Morra diesen Welterfolg geschafft?«

»Vielleicht hatte er einen Freund.«

»Einen Freund? Wie meinst du das?«

»Vielleicht hat sich jemand getraut, sein Werk zu loben. Obwohl es einfacher und vergnüglicher ist, ein Werk zu tadeln.«

»Wer weiß das schon? Wie findest *du* ihn?«

»Manchmal finde ich, er schreibt brillant, und manchmal finde ich, er schreibt entsetzlich schlecht.« Heinrich lachte. »Wahrscheinlich versteckt di Morra sich jeden Tag mit einer Karaffe Wein zwischen den Reben seines Bergs und schreibt im Rausch, Dionysos sei Dank.«

Elina roch an dem Buch. »Es riecht gut.«

»Für den guten Geruch ist der Leim am Buchrücken verantwortlich. Es kommt aber vor, dass der Papierbrei bei der Herstellung sauer wird. Wird das saure Papier trotzdem für die Buchseiten verwendet, dann riecht das Buch halt schlecht.«

Elina legte das Buch zurück auf den Laptop. »Und du? Du schreibst und schreibst und schreibst. Wie schaffst du es, weiter zu schreiben, auch wenn die Verleger dich ignorieren?«

Heinrich überlegte eine Weile. »Ich liebe den Klang der Stille. Die Stille hier zwischen all den Büchern. Das Schreiben ist die Erdbeertorte, die Veröffentlichung ist nur der Schlag Sahne obenauf. Ich liebe es, Geschichten zu finden. Sie sind mein Vergnügen, nicht meine Arbeit. Mitunter erfahre ich jedoch eine Bedrängnis. Manchmal ist es, als ob eine Geschichte mich findet und sich mir aufdrängt. Es kostet weniger Energie, sich der Bedrängnis zu fügen, als sich ihr zu widersetzen. Aber ich glaube, die Bedrängnis kennt nur, wer schreibt oder sich in einer anderen künstlerischen Form ausdrückt.« Er ging zum Rollladenschrank. Darin bewahrte er Kuriositäten auf, wie zum Beispiel die *Reclam*-Bücher, deren Cover gelangweilte Schüler beschmiert, zerkratzt und neu betitelt hatten. Jemand hatte Gottfried Kellers Novelle *Kleider machen Leute* umbenannt in: *Aus Kleidern machet Beutel!* Und Schillers *Wilhelm Tell* hieß nun: *Wiliams Teller (mit Birne).* Heinrich kam mit einem Buch zurück, das er Elina reichte. Es war *Bella Belchaud und ihre Papageien.* »Dein *Liebchenbuch* hast du es damals genannt.« Er setzte sich wieder.

»Du hast es noch? Wie schön, vergangene Woche hätte ich fast ein fremdes Exemplar gestohlen.« Sie blätterte darin. *Ände* stand mit kindlicher Handschrift auf der letzten Seite geschrieben und *Wen ich gros bin, schrieb ich auch sollche Geschiechten.* Sie lachte.

»Was machen deine Schreibträume? Steckt eine Geschichte in dir? Ich würde sie gern lesen, bevor ich mein Sterbchen mache.«

»Dein *Sterbchen* hat noch Zeit, du bist doch erst sechsundsiebzig«, sagte sie mit belegter Stimme. »Vermutlich würde ich momentan nur einen Kriminalroman schreiben können. Das Mordopfer hieße Richard Bludau und würde hinterrücks erschlagen und mit einem schweren Stein am Bein in der Ostsee versenkt werden. Der Titel könnte lauten: *Der Tote im Meer.*«

»Wohl eher vergiftet und dann versenkt, Frauen töten doch subtiler«, sagte Heinrich. »Ein Buch sollte niemals der Ort der Rache sein. Aber Rache kann ein Brennstoff sein: Mach aus Richard eine literarische Figur, indem du seinen Namen, sein Aussehen, sein Alter und den Wohnort veränderst, wie Enrico es getan hat. Statte ihn noch mit einem Makel aus und mit Eigenschaften von anderen. So vermeidest du künftigen Ärger. Und irgendwann denkst du nur noch über deine Figur nach. Sie wird real werden in deinem Innern, und dann hat sie nichts mehr mit Richard gemein. Kennst du *Tears in Heaven* von Eric Clapton?«

»Ein trauriges Lied.«

»Ein schönes Lied. Eric Clapton hat es geschrieben, nachdem sein vierjähriger Sohn Conor aus dem Fenster eines New Yorker Hochhauses gestürzt und neunundvierzig Stockwerke tief gefallen war. Er hat Trauriges in Schönes verwandelt. Das könntest du auch tun.«

»So wie Enrico, Enrico di Morra es möglicherweise auch getan hat.«

»Möglicherweise hat er es auch so getan.«

Elina seufzte. Sie zog eine Strähne aus dem Knoten und zwirbelte sie. Das tat sie oft, wenn sie nachdachte. »Ich bin viel unterwegs. An manchen Tagen muss ich zwei Hauptbeiträge liefern, manchmal auch noch kleinere Meldungen, da bleibt keine Zeit für Träumereien.«

»Das sind nur Ausreden. Wer will, kann.«

»Immerhin könntest du den Krimi, sollte ich ihn jemals schreiben, gleich in deiner Bücherhöhle verkaufen. Gedruckt auf stinkigem Papier und mit einem Heftstreifen gebunden.« Sie lächelte gequält.

»*Zuckerschnäuzchen,* es gibt auch noch die Sprühsahne,

Eigenverlag genannt. Fang doch erst mal an, die Merkwürdigkeiten des Lebens zu sammeln: Menschen, Dinge und Ereignisse, die halt des Merkens würdig sind. Ich gehe nie ohne Notizbuch und ohne Stift aus dem Haus. Niemals. Und ich versuche, jeden Tag zu schreiben, auch wenn es nur zehn Minuten sind. Die Betonung liegt auf *versuche*, immer gelingt es mir auch nicht.«

»Klingt einfacher als es ist.«

»Was ist schon einfach im Leben?« Er öffnete eine Tür im Schreibtisch. »Hier findest du ausreichend Schreibmaterial. Schöne Notizbücher mit tintenfestem Papier in allen Formaten und verschiedenen Bindungen. Du weißt ja, ich habe eine Schwäche für schöne Papiere.« Er schloss die Tür und zog die Schublade auf. »Und hier findest du Stifte aller Arten, feines Büttenpapier und gefütterte Briefumschläge, halt alles, was man so braucht zum Schreiben. Bedien dich, wann immer du etwas davon benötigst.« Er schob die Lade wieder zu.

»Danke.« Sie nahm das Glas, leerte es und versank im Sessel. Dabei sah sie nach oben, auf das Regal gegenüber, an der die Anstellleiter gelehnt war. Dort oben stapelten sich Schuhkartons. Die Kartons waren beschriftet: *Steuer 1999, Steuer 2000, Steuer 2001* und die folgenden Jahrgänge bis 2017. »Die Kartons mit den Steuerunterlagen von 1999 bis 2007, am Ende des Jahres auch von 2008, kannst du unbesehen zum Schreddern bringen.«

»Ja, das könnte ich. Da wir gerade beim *Schreddern* sind: Dein Artikel über Banksy hat mir gefallen. Vermutlich will

Banksy wie di Morra unerkannt bleiben, weil auch er einfach nur schaffen will, jenseits des Ruhms.«

»Das könnte wahr sein. Da wir gerade bei *jenseits des Ruhms* sind: Steckt Helene tagsüber noch immer wichtige Notizen in den BH, die abends beim Entkleiden auf den Boden fallen?«

»Ja.« Er schmunzelte.

»Und, wie geht es ihr?«

»Sie ist ein wenig depressiv. Es ist der Herbstblues, du weißt schon.«

»Ja, der Herbstblues, der sich kurz vor dem Todestag von Cornelius in den Weihnachtsblues verwandelt. Nach seinem Tod gab es keine Weihnachtsbäume mehr bei uns. Die gab es erst wieder bei dir hier oben.«

»All die Jahre habe ich unsere stille Zeit genossen, in der wir den Weihnachtsbaum geschmückt haben. Ich hoffe, du unterbrichst die Serie unseres Rituals auch dieses Jahr nicht.«

»Am Heiligabend um zehn bei dir, das ist eine Konstante. Vielleicht gerade die einzige in meinem Leben.« Elina stellte das leere Glas auf den Schreibtisch. Unwillkürlich steckte sie die Hand in die glückliche Hosentasche, die Tasche war leer.

Plötzlich schrillte die Ladenklingel.

Jemand war eingetreten. »Hallo?«, hörten sie eine Männerstimme rufen.

Heinrich stand – im Gegensatz zu seiner bedächtigen Art – behände auf und eilte in den vorderen Bereich.

»Guten Tag, suchen Sie etwas Bestimmtes?«, hörte Elina ihn energisch fragen.

»Nein, nein«, hörte sie die fremde Stimme beschwichtigend antworten. »Ich bin zufällig hierher geraten und dachte, ich schaue mal rein.«

»Bitte, schauen Sie sich in Ruhe um. Hinter der scheinbaren Unordnung verbirgt sich ein System.«

»Aha. Danke.«

Als Heinrich zurückkam, stand Elina auf. »Ich gehe dann mal«, sagte sie. »Ehe ich es vergesse, ich soll dich noch herzlich von Hannes und Reni grüßen.«

»Danke. Es freut mich, dass sie sich an mich erinnern. Du, Hannes, Reni und Richard, ihr ward damals auch ein Kleeblatt gewesen, ein unzertrennlich vierblättriges.«

»Dabei hat ... das vierte Blatt ... mir kein Glück gebracht.«

»Ich habe mich selbst oft genug gerügt: Warum habe ich mich vor deiner Hochzeit nicht getraut, dich davon abzuhalten? Warum habe ich nur gehofft, Richard möge dir nicht eines Tages wehtun?«

»Du konntest es nicht wissen.«

»Nein.«

»Das war schon kurios damals. Reni war in Richard verliebt gewesen und Hannes in dich.«

»Damals habe ich es nicht bemerkt, aber Hannes hat es mir gerade erst erzählt.« Elina umarmte Heinrich, sie sog noch einmal den Duft von Zitrone, Sandelholz und Vanille ein. »Bis bald. Bitte grüß Helene von mir.«

»Mach ich. Bis bald, *Zuckerschnäuzchen.*«

Elina löste sich von Heinrich und ging hinaus. Sie traf auf einen hageren älteren Herrn, der mit den Händen auf dem Rücken, in denen er eine Präsenttüte mit einem länglichen Karton darin hielt, alte Lederbände sondierte. Er trug einen eleganten grauen Mantel mit Stehkragen. Den blauen Seidenschal hatte er kunstvoll um den Hals drapiert.

Noch so ein Gräuling, der sich für alte Bücher interessierte, dachte Elina. »Guten Tag und auf Wiedersehen.«

»Wieder sehen?« Der Gräuling wirkte irritiert. Für sein Alter hatte er noch erstaunlich dunkle Haare, nur die Schläfen und die buschigen Brauen waren grau.

Draußen vor der Tür hatte Elina noch immer den Duft von Zitrone, Sandelholz und Vanille in der Nase. Heinrich hatte sie gehalten, hatte ihr wieder Halt gegeben. Er hatte ihren Artikel über Banksy gelobt und ihren Traum genährt: *Wen ich gros bin, schrieb ich auch sollche Geschiechten.* Sie holte drei Bohnen aus der unglücklichen Hosentasche und steckte sie in die glückliche.

WINTER 2018

Sie bummelte über den abendlichen Weihnachtsmarkt mit all den Lichtern und dachte an die Meldung, die sie am Morgen verfasst hatte. Aljona Savchenko und Bruno Massot waren bei den Winterspielen im Februar eine faszinierende Kür gelaufen, die schönste, die Elina jemals gesehen hatte. Die Kür begann mit dem Symbol der liegenden Acht. Kunst und Akrobatik und Leidenschaft in perfekter Harmonie mit Musik und Choreografie und Kostüm. Und als Aljona und Bruno nach viereinhalb Minuten erschöpft auf dem Eis lagen, sagte der Kommentator Daniel Weiss: *Es ist eine Wahnsinnskür. Es ist für sie persönlich die Kür für eine Unendlichkeit.* Der Lohn war olympisches Gold gewesen. Endlich. Die Kür hatte Elina sogar als Favoriten auf dem Laptop gespeichert. Wann immer sie einen großartigen Moment brauchte, schaute sie sich diese *Wahnsinnskür* an. Sie achtete auch auf die Trainer Alexander König und Jean-François Ballester in ihren grauen Anoraks, wie sie hinter der Bande sich wiegten und schwangen und am Ende fast berstend vor Freude umarmten. Und nun war Ballester, er hatte Bruno schon als Kind trainiert, an einem Herzinfarkt gestorben. Mit nur dreiundfünfzig Jahren.

Elina hielt sich abseits der Menge. Sie schlug den Kragen ihres langen schwarzen Mantels hoch und betrachtete das Schaufenster von *Juwelier Jensen – seit 70 Jahren.* Goldene Ringe lagen dort auf rotem Samt. Allerdings hatten die Ringe einen schrägen, kunstvoll gehämmerten Spalt. Auf dem kleinen Schild daneben stand: *Scheidungsringe zum halben Preis.* Fünfhundert Euro waren durchgestrichen.

Sie erschrak, als der Eigentümer plötzlich hinter dem Fenster erschien und sie anlächelte. Juwelier Jensen war ein vornehmer alter Herr. Er war schon alt, als Richard und sie bei ihm die Trauringe gekauft hatten. Er hatte stark nach Tabak gerochen und einen goldenen Siegelring am kleinen Finger getragen.

»Ist es an der Zeit?«

Elina wandte sich abrupt um. »An der Zeit wofür?«

Reni deutete auf die Ringe. »Scheidungsringe zu kaufen? Ist ja geradezu ein Schnäppchen!«

»Der Termin wird erst im Frühjahr sein.«

»Bis dahin wirst du welken und Schnee wird auf dich fallen.«

»Ja. Vermutlich. Falls es noch schneien sollte.«

»Falls. Was machst du hier, abseits der Buden?«

»Ich mag nicht nach Hause gehen, aber auch nicht im Gedränge sein.«

»Dann lass uns in die Weinbar in der Passage gehen. Ich lade dich auf eine Weißweinschorle ein.«

Die Weinbar war eine Lounge mit hellen Holztischen vor einem riesigen Weinregal, an denen man stehen oder auf weinroten oder grauen Lederhockern sitzen konnte. Sie war immer gut besucht. Nach dem Einkaufen tranken die Leute hier gern noch einen Wein oder einen Espresso. Den kleinen Hunger konnte man hier auch stillen.

Reni und Elina nahmen am freien Zweiertisch an der Seite Platz.

Reni mit Blick auf die anderen Gäste.

Und Elina mit Blick auf die Passanten im Weihnachtskaufrausch. »Kommst du öfter hierher?«

»Ja. Gutes Material.«

»Material?«

»Attraktive Männer.«

»Ach so, du sprichst von der Reste-Rampe. Was macht denn die Jagd auf die anderen Spätblüher?«

»An manchen Tagen macht das Wegwischen der Männer auf dem Smartphone am meisten Spaß. Wusch!«

»Womöglich macht es den Männern auch Spaß, *dich* wegzuwischen? *Wusch!*«

Der Kellner kam an ihren Tisch. »Haben Sie schon gewählt?«

»Ja, wir hätten gern zwei Grauburgunderschorlen«, sagte Reni, ohne in die Weinkarte zu schauen, die auf dem Tisch lag.

»Ja gern.« Der Kellner ging zum Tresen.

»Meinst du nicht, dass du auch so einen Mann kennenlernen kannst. Im Supermarkt zum Beispiel?«, fragte Elina.

»Wie stellst du dir *das* denn vor? Dass dir plötzlich der Kürbis aus dem Wagen fällt und dann kommt der edle Ritter und fängt ihn auf?«

Elina lachte. »Genau. Der Ritter in der scheppernden Rüstung mit geschlossenem Visier beugt sich schwerfällig hinab und fängt den Kürbis im letzten Moment auf. Er stöhnt, denn er kann sich nicht mehr aufrichten, da ihn ein plötzlicher Hexenschuss lähmt. Du klappst sein Visier hoch. Huch! Unerfreut über den Anblick klappst du es schnell wieder zu. *Wusch!* Schließlich nimmst du ihm den Kürbis aus der blechernen Hand und überlässt ihn der Hexe.«

»Du hast Fantasie, du solltest einen Roman schreiben.«

»Das hat Heinrich auch schon gesagt.«

»Und, warum tust du es nicht?«

»*Warum?* Vielleicht habe ich einfach nur Angst davor, zu versagen.«

Der Kellner brachte die Schorlen.

»Auf unsere Freundschaft und auf deinen Roman«, sagte Reni.

»Besser nur auf unsere Freundschaft«, sagte Elina.

Sie stießen an.

Elina nahm einen Schluck und stellte das Glas ab.

Reni nippte am Glas und begutachtete über den Rand hinweg das *Material* in der Weinbar, bis sie sich schließlich verschluckte. Sie musste husten und schlug sich mit der flachen Hand auf die Brust. »Elina, schau mal unauffällig zu dem Mann im braunen Mantel. Zwei Tische weiter«, flüsterte sie. »Der beobachtet uns.«

Elina wandte sich besagtem Mann zu und zuckte zusammen, als sie ihn erkannte.

Er lächelte ihr zu. Dann zerknüllte er die Rechnung, legte sie neben die Espressotasse und stand auf.

»Unauffällig habe ich gesagt!«

Der Mann schulterte die lederne Umhängetasche, in der Elina ein Skizzenbuch und Stifte vermutete, und kam an ihren Tisch.

»Guten Abend, Elina. Elina Bludau.« Er deutete auf die Gläser. »Ich wusste nicht, dass Sie lieber Wasser mit Wein trinken.«

»Guten Abend, Matti. Matti Sander. Dann muss ich *Sie* wohl mal einladen?«

»Das wäre doch mal was! Aber immerhin haben Sie sich meinen Namen gemerkt.« Er lachte fröhlich. »Bis zum Wiedersehen, hoffe ich. Aber vorerst einen guten Abend. Ihnen beiden natürlich.« Er deutete eine Verbeugung an und ging.

Reni schaute ihm nach. »W-was für ein interessanter Mann!«

»Ja, ein interessanter Mann. Wie Treibholz, extrem hart und widerstandsfähig.«

»Wie Treibholz? Ja. Irgendwie wirkt er auch noch bizarr und extravagant.«

»Wie findest du ihn auf einer Skala von eins bis zehn?«

»Zwölf! Wo hast du den denn kennengelernt?«

»Im Kunstpalast bei der Ausstellungseröffnung von Friedrich Nerbaß, nachdem ich bei dir war.«

»Er interessiert sich für Kunst, wie interessant.«

»Noch besser: Er ist Künstler. Maler, um genau zu sein.«

»Einen Maler hatte ich noch nicht. Hast du schon im Internet nach ihm gefahndet?«

»Nein. Dass er malt, hat er mir selbst erzählt.«

»Also, wenn du ihn nicht willst, dann nehme ich ihn.«

»Reni! Der ist noch keine vierzig. In der zehnten Klasse fandest du die Jungs aus der neunten zu klein. Und jetzt willst du mit einem Erstklässler gehen!«

»Na, über die Grundschule wird er inzwischen hinaus sein.«

»Er ist zu jung für dich«, sagte Elina.

»Aber für dich auch«, sagte Reni trotzig.

»Ja, das ist er. Denn er wird noch eigene Kinder haben wollen. Und wenn er mir bei *Juwelier Jensen* einen Ring kaufen will und ich mich nicht gleich entscheiden kann, wird Jensen fragen: *Vielleicht überlegt sich ihre Frau Mutter das ja noch?* Dann wird er sich einen Rauschebart wachsen lassen, damit der Altersunterschied nicht so auffällt. Nach ein paar Jahren wird er mich in einem Heim unterbringen.« Unwillkürlich musste Elina an Marietta mit den rot gemalten Lippen denken, die im Heim für Menschen ohne Erinnerungen weder Carlo noch Enrico erkannt hatte. »Das Ende der Geschichte wird sein: Er nimmt sich den Bart ab und geht ins Fitnessstudio, um sich dann eine jüngere Frau suchen zu können.«

»Du hast eindeutig zu viel Fantasie, fang endlich deinen Roman an! Aber wie machst du das nur?«

»Wie mache ich was?«

»Dass die Männer sich für dich interessieren?«

»Ich mache gar nichts. Und ich interessiere mich nicht für Männer. Nicht mehr.«

»Man sollte nie *nie* sagen.«

»*Man erlangt die Dinge dann, wenn man sie nicht mehr begehrt.*«

»Ist diese Weisheit von dir?«

»Leider nein, sondern vom italienischen Schriftsteller Cesare Pavese.«

»Dann sollte ich wohl meinen Vertrag mit der Partnervermittlung kündigen«, sagte Reni.

»Das ist deine Entscheidung, du einzeln stehende Herbstzeitlose. Es ist längst Winter. Und? Fürchtest du dich noch immer?«

»Ja«, sagte Reni kleinlaut.

Dann kicherten sie beide.

Wie die Schulmädchen.

Damals.

In den Pausen.

Da entdeckte Elina plötzlich Laila unter den Passanten, die Arm in Arm mit einem älteren Mann näher kam.

»Reni, schau mal unauffällig nach rechts. Da kommt Laila eng umschlungen mit einem mir unbekannten Mann. Vor

Kurzem hat sie mir noch einen Kommilitonen als neueste Errungenschaft vorgestellt. Richards Gene waren eindeutig stärker als meine.«

Reni wandte sich jäh zur Seite.

»Unauffällig habe ich gesagt.« Aber das war unbegründet, denn Laila hatte Reni und sie nicht bemerkt. So selig, wie sie lächelte, bemerkte sie niemanden um sich herum.

»Der ist ja so viele Jahre älter wie Richards Geliebte jünger«, sagte Reni. »Und Laila ist ja immer noch so zart, so anmutig. Wäre das Schauspiel-Gen deiner Eltern auf sie gekommen, wäre sie die ideale Besetzung für die Julia.«

»Ja, das wäre sie wohl.« Elina schaute Laila und dem Fremden nach, bis sie sich in der Menge verloren.

»Weißt du schon, was du am Heiligabend machst?«, fragte Reni, nachdem sie gezahlt hatte.

»Ja, ich werde über Tag bei Heinrich sein. Und das ist gut so.«

»Falls du den Weihnachtsblues bekommst, melde dich.«

»Danke, aber es reicht, wenn Helene den Blues auslebt. Heinrich und ich wetten immer, wie lange sie am Mittagstisch bleibt. Manchmal hält sie nur das Hauptgericht aus.«

»Wenn man vom Teufel spricht!«, sagte Reni.

Elina entdeckte Helene ebenfalls. Schnell nahm sie die Weinkarte und hielt sie aufgeschlagen vor das Gesicht. »Sag mir, wenn sie vorüber ist.«

»Früher hat deine Mutter immer wichtige Notizen in ihren BH gesteckt. Macht sie das immer noch?«

»Ja.«

»Dann hat sich aber der Zettelbehälter in den Jahren enorm vergrößert.«

»Ja.«

»Nacken und Hacken … jetzt.«

Erleichtert legte Elina die Karte wieder auf den Tisch. »Ich sollte besser gehen. Falls auch noch Richard und Benita auftreten, packe ich in meiner Wut den Fuß mit beiden Händen und reiße mich wie Rumpelstilzchen mitten entzwei.«

Sie umarmte Reni beim Abschied. »Danke für die Schorle. Ich wünsche dir eine geruhsame Weihnacht, Ruhe von der Jagd nach anderen Solitären. *Wusch!*«

Pünktlich um zehn stand sie, in ihren schwarzen Mantel gehüllt, vor Heinrichs Bücherhöhle. Ohne Weihnachtsgeschenk. Sie hatten vor Jahren schon beschlossen, einfach nur Zeit miteinander verbringen zu wollen, und sich so dem vorweihnachtlichen Einkauf und dem nachweihnachtlichen Umtausch entzogen.

In den Terrakottatöpfen im Gepäckträger des Lastenfahrrads steckten Tannenzweige. Zwischen den Zweigen lagen rote Äpfel. Schlicht und schön.

Das Schild zeigte zwar *Geschlossen* an, aber Elina wusste, dass die Tür offen war. Als sie eintrat, schrillte die Ladenklingel. Sie hielt inne und nahm den vertrauten Geruch von altem

Papier wahr. Es roch aber auch nach Rinderrouladen und Rotkohl. Beides hatte Heinrich nach den Rezepten von Oma Rosa vorgekocht. Die klassischen Rouladen *(mit saurer Gurke, Speck und Zwiebeln)* schmorte er immer im Schnellkochtopf an und ließ sie mit Brotrinde oder einem Pfefferkuchen und Mohrrüben garen, die danach in der Soße püriert und mit saurer Sahne verfeinert wurden. Für den Rotkohl schwitzte er Zwiebeln in Schmalz an, gab dann den Rotkohl aus dem Glas dazu – früher hatte er ihn noch selbst gewiegt – und klein geschnittene Äpfel. Zunächst kochte er den Kohl nur mit Essig gewürzt, *um die schöne Farbe zu erhalten,* wie es in Oma Rosas Kochbuch stand, einem alten Notizbuch mit schwarzem Pappdeckel, dessen klein karierte Seiten vergilbt, teilweise lose und voller Fettflecken waren. Später erst gab Heinrich Salz, Zucker und Kümmel dazu. Kümmel war gut für die Verdauung. Früher hatte er auch die Kartoffelklöße selbst gemacht. Aber inzwischen fand er, dass die grünen Klöße aus dem Supermarkt ebenso gut schmeckten. Und die leckere Zitronenspeise für den Nachtisch bereitete er aus sechs Eiern *(unbedingt frisch)*, zweihundert Gramm Zucker *(Eigelb und Zucker gut schaumig schlagen)*, einer Zitrone *(Saft und Schale, dann vorsichtig den Eischnee unterheben)* und einem Päckchen Gelatine zu *(dann kalt stellen)*. Dazu gab es noch frisch geschlagene Sahne. Unwillkürlich musste sie sich den Bauch halten.

Dann winkte sie wie immer den hölzernen Eichhörnchen auf den Buchstützen zu und ging in den hinteren Bereich, vorbei an der Truhe mit den Brandflecken, vorbei an seinem Schreibtisch. Das Foto von Oma Rosa lag flach darauf, als hätte er es vor Kurzem in der Hand gehabt.

Elina stieg die Holztreppe hinauf, die neben dem Wiener Kaffeehauskleiderständer endete und direkt ins Wohnzimmer führte.

Sie war immer gern hier. In diesem großen Raum, der wie die Bücherhöhle mit orientalischen Teppichen in Rottönen ausgelegt war. Nachdem Heinrich ein paar der antiken Schränke von Oma Rosa verkauft und dafür preiswerte Möbel gekauft hatte, sah die Einrichtung wie auf dem Flohmarkt zusammengesucht aus, wirkte aber gemütlich. Die Sitzgruppe um den flachen dunklen Tisch bestand aus dem alten tabakbraunen Sofa mit großen Kissen an der Rückenlehne, das sie seit Kindertagen kannte, einem mit taubenblauem Samt bezogenen Ohrensessel, der genauso abgewetzt war wie der dunkelbraune Ledersessel, der früher mal in einem Herrenzimmer gestanden haben musste. Die schlichte Stehlampe neben dem Ledersessel hatte einen weißen Schirm und bot helles Licht beim Lesen. Vor den weiß getünchten Wänden standen weiße Bücherregale sowie eine Vitrine, in der er das Meissener Porzellan mit dem Rosendekor aufbewahrte, das er nur an Festtagen benutzte. Er musste den Tisch schon gedeckt haben, denn das Speiseservice war unvollständig.

Auf der Anrichte lag das alte Mühlespiel. Oma Rosa hatte Heinrich das Spielen beigebracht, als er noch ein Kind war. Trotzdem hatte sie ihn als Gegner ernst genommen und ihn nur manchmal gewinnen lassen. Als Oma Rosa alt war, war es dann umgekehrt gewesen. Heinrich hatte Oma Rosa als Gegner ernst genommen, aber sie auch manchmal gewinnen lassen. Wie sich die Geschichten wiederholten.

Neben dem Mühlespiel standen diverse Fotos. Von Helene. Von Laila. Geburt, Einschulung und Abitur. Und von Elina. Jugendweihe, Abitur und Diplom. Das Hochzeitsfoto von Richard und ihr hatte früher auch hier gestanden, aber taktvoll, wie Heinrich war, hatte er es entfernt.

An der Wand dahinter hingen Kinderzeichnungen von Elina und Laila. Sie war erneut berührt, dass Heinrich diese Zeichnungen soviel bedeuteten, dass er sie hatte rahmen lassen.

Heinrich besaß keinen Fernseher, nur eine Stereo-Anlage und ein Regal voll mit klassischen Musik-CDs.

Der Baum lag noch ins Netz gehüllt neben dem Tannenbaumfuß.

Sie hörte Heinrich in der Küche hantieren. Kurz darauf kam er mit der Rosenschere und einer Haushaltsschere heraus. Er trug den grauen Anzug mit Weste und ein weißes Hemd und die silberne Krawatte mit den weißen Punkten.

»*Zuckerschnäuzchen!* Ich habe dich gar nicht kommen hören.« Er umarmte sie fest.

Sie spürte etwas Hartes an seiner linken Brust und sog seinen Duft ein. Den Duft von Zitrone, Sandelholz und Vanille.

Dann hielt er sie auf Armeslänge. »Du trägst schon schwarz?«

»Den Mantel habe ich doch schon länger«, erwiderte Elina verwundert.

»Ist schon gut. Leg doch bitte ab, damit wir den Baum schmücken können.«

»Ja.« Sie hängte den Mantel an den Kleiderständer und stellte die Stiefel daneben. Dann ging sie wieder zu Heinrich, der den Baum in den Fuß wuchtete.

Elina übernahm den Baum und hielt ihn gerade, während Heinrich das Seil im Fuß festzurrte. Mit der Haushaltsschere schnitt er das Netz auf. Die unregelmäßig gewachsenen unteren Äste schnitt er mit der Rosenschere ab und legte sie um den Fuß herum. »Holst du bitte den Karton mit dem Baumschmuck?«

»Ja.« Sie ging in die Abstellkammer. Dort bewahrte er im Regal unten den stabilen grünen Karton mit dem Baumschmuck auf. Der offene Karton daneben war gefüllt mit etlichen Packungen Baumkerzen. Damit könnte er noch die nächsten zehn Bäume bestücken.

Sie legte eine Packung auf den grünen Karton und trug ihn ins Wohnzimmer.

Alle Jahre wieder schmückten sie schweigend den Baum. Zuerst hängten sie die zwölf Kerzenhalter auf, die durch ein Kugelgewicht in Waage hingen, und zwar so, dass der Ast darüber kein Feuer fing. Danach folgten die antiken kleinen Glaskugeln in Grün, Blau, Rot, Orange und Gelb und der bunt bemalte Holzschmuck. Am Ende lag nur noch der Strohstern im Karton. Es war der letzte von den Strohsternen, die Heinrich mit Oma Rosa gebastelt hatte, als er ein Kind gewesen war. Den Strohstern hängte Heinrich immer zuletzt mit feierlicher Miene an, gut sichtbar vorn in die Mitte. Dieses Mal schaute er dabei so seltsam drein.

Während er das aufgeschnittene Netz und die Scheren in die Küche brachte und den Baum wässerte, brachte sie den leeren Karton zurück in die Abstellkammer. Dann holte er eine Flasche Champagner und zwei Gläser. Nachdem er eingeschenkt hatte, versanken sie nebeneinander in dem gemütlichen Sofa, in dem sie schon mit Reni, Hannes und Richard versunken war, als Heinrich ihnen damals vorgelesen hatte.

Andächtig betrachteten sie den geschmückten Baum.

»Der Baum duftet sogar noch nach Wald«, sagte Elina.

»Ja«, sagte Heinrich und fügte leise hinzu: »Ich lebe mein Leben in wechselnden Weihnachtsbäumen.«

»Hat Helene dich mit dem Weihnachtsblues angesteckt?«

»Nein.«

Sie schwiegen eine Weile.

Dann stießen sie an, auf eine friedliche Weihnacht, alle Jahre wieder.

»Das ist aber ein edler Champagner«, sagte Elina.

»Den habe ich geschenkt bekommen.«

»Von einem Kunden?«

»Ja, für ein bestimmtes Buch.«

»Das muss ja ein besonderes Buch gewesen sein.«

»Wie man's nimmt.«

Das war eine kryptische Antwort. »Wie auch immer, der Champagner schmeckt wunderbar.« Sie stellte das Glas auf den Tisch. »Als ich an deinem Schreibtisch vorbeiging, lag das Foto von Oma Rosa darauf. Das Foto mit dem Medaillon und der Taschenuhr.«

Heinrich fasste sich kurz ans Herz.

Das Harte, das sie in seiner Brusttasche gespürt hatte, waren es gar die beiden Schmuckstücke? »Ist alles in Ordnung mit dir?«

»Ja.« Einen Moment besann er sich. »Die traurige Geschichte hinter dem goldenen Medaillon – in den Deckel ist übrigens eine Perle eingearbeitet – und der goldenen Taschenuhr, die traurige Geschichte meiner Familie spielte 1942: Am 28. Januar wurde ich geboren. Meine erfreuten Eltern nannten mich Heinrich Hermann. Heinrich wie meinen Großvater väterlicherseits: Heinrich Wolff, also den Mann von Oma Rosa, der zu dieser Zeit in Russland dienen musste. Und mit zweitem Namen Hermann, wie mein Vater, Oma Rosas und Heinrichs einziges Kind. Oma Rosa hat einmal gesagt, mein Vater hatte so üppige schwarze glatte Haare gehabt, dass, wann immer ihm der Hut nicht mehr passte, er zum Friseur gehen musste, aber ich hätte die lockigen braunen Haare von meiner Mutter geerbt. Hermann lebte mit mir und meiner Mutter Charlotte – sie wurde immer nur Lotte genannt – bei meinen Großeltern mütterlicherseits in der Lessingstraße. Meine Mutter war ein Nachkömmling gewesen, und ihre Eltern waren schon alt und krank.« Er räusperte sich. »Es war in vier sternklaren Nächten Ende April gewesen, in denen zudem ununterbrochen ein kräftiger Wind blies. In diesen Nächten warfen rund fünfhundert britische Flugzeuge mehr als hunderttausend Spreng- und vor allem Brandbomben auf Rostock ab, dem damaligen Zentrum der Rüstungsindustrie. Die Flugzeugwerke Heinkel und Arado wurden bombardiert, aber auch die Innenstadt, ohne Rücksicht auf die zivile Bevölkerung. Die Feuersbrunst breitete sich rasend schnell aus, da sie nicht zu löschen war. Sie vernichtete ganze Straßenzüge. Kirchen, wie zum Beispiel St. Nikolai und St. Petri, brannten lichterloh und die Flammen raubten all die wertvollen Kunstschätze darin. Oma Rosa hatte erzählt, wie die Glocken der brennenden Nikolaikirche durch die Hitze zum Schwingen gebracht wurden und mit dumpfen, brummenden Tönen zu läuten anfingen. Es war eine Kakophonie aus Blitz und Donner, Wind und Feuer. Und Sterbegeläut. Und als die Petrikirche brannte, glühten weiß die patinagrünen Kupferplatten des hohen Turmes, bis sie sich lösten und hinabschwangen, als seien sie aus Seidenpapier. Der zerstörte Turmhelm der Petrikirche war nicht nur das Wahrzeichen Rostocks gewesen, sondern auch ein eingetragenes Seezeichen. Nach den Bombennächten waren über zweihundert Tote zu beklagen – die Briten hatten die Zahl der Toten sogar auf sechstausend geschätzt. Tausende waren verletzt und an die fünfunddreißigtausend Einwohner hatten ihr Obdach verloren. Auf den Straßen stand gerettete Habe. Wer plünderte, wurde zum Tode verurteilt und sofort hingerichtet. Ohne Gnade.« Er hielt kurz inne. »Aber zurück zu *meiner* Familie. In der letzten Angriffsnacht war auch das Dach in der Lessingstraße in Brand geraten. In ihrer Not hatte Lotte mich ihren kranken

Eltern anvertraut und uns zu Oma Rosa geschickt. Was für ein Unterfangen. Sie und Hermann hatten noch versucht, so viel Habe wie möglich aus dem brennenden Haus zu holen. Wichtige Papiere, Schmuck, Silber, Hausrat, Kleinmöbel und die Federbetten. Sogar als es schon im zweiten Stock brannte, gingen sie noch einmal hinein und holten noch die Truhe mit der Leinenwäsche aus dem ersten Stock. Als sie wieder aus der Wohnungstür traten, schlugen ihnen schon die Flammen entgegen. Sie flohen samt Truhe auf das Podest, eine halbe Treppe tiefer. Wenn sie auch noch die untere halbe Treppe schafften, konnten sie durch den langen Hausflur ins Freie gelangen. Genau in diesem Moment brach das Podest im ersten Stock aus der Mauer. Die Flammen versperrten ihnen den Weg, Hitze und Qualm raubten ihnen den Atem. Als Lotte und Hermann sich schon verloren glaubten, schlug etwas Hartes gegen sie. Es war ein Wasserstrahl, der auch Schutt aufwirbelte. Sie duckten sich hinter der Truhe. Ein Hamburger Spritzenführer hatte sich trotz der Einsturzgefahr ins Haus gewagt, um die beiden zu retten. Endlich im Freien angelangt, bemerkten sie, dass sie sogar die vermaledeite Truhe hinausgeschleppt hatten – es ist übrigens die Truhe, die unten im Antiquariat steht.« Er räusperte sich erneut. »Erst am Morgen war es der Feuerwehr gelungen, den Brand zu löschen. Nass und staubig und mit von Qualm und Staub geröteten Augen schauten Lotte und Hermann auf ihr ausgebranntes Haus. Hermann näherte sich ihm noch einmal. Als er sich gerade umdrehte, um wieder zu Lotte zu gehen, die weiter entfernt erschöpft und heftig hustend auf der Truhe saß, stürzten die Mauern ein und begruben Hermann. Er war tot, als er geborgen wurde. Und Lotte, durch eine schwere Rauchvergiftung geschwächt, schleppte sich noch zu Oma Rosas Haus, wo sie bald darauf an der Rauchvergiftung starb. Zuvor hatte sie das goldene Medaillon mit der Perle abgenommen. Darin waren die Fotos von ihr und Hermann am Tag ihrer Hochzeit. Lotte gab das Medaillon Oma Rosa mit der Bitte, es mir an meinem achtzehnten Geburtstag zu geben. Nachdem sie Oma Rosa – die damals zweiundfünfzig war – auch das Versprechen abgerungen hatte, mich groß zu ziehen, atmete sie ein letztes Mal aus. Wohl aus Gram folgten Lottes Eltern, erst die Mutter drei Tage später, nach gut einem Monat auch der Vater.«

Elina wischte die Tränen mit dem Handrücken ab.

»Die traurige Geschichte ist leider noch nicht zu Ende. Ende Mai verlor Oma Rosa auch ihren Mann. Heinrich fiel am Vormittag des 28. Mai vor Nikolskoje. Dort, auf dem Kriegerfriedhof wurde er begraben. Nur seine goldene Taschenuhr wurde Oma Rosa ausgehändigt. Sie zeigte neun Uhr drei an. Die Uhr ging nicht mehr. Oma Rosa hatte sie nach dem Krieg zu verschiedenen Uhrmachern gebracht, aber keiner konnte die Uhr reparieren. Sie stand: neun Uhr drei. Aus der Familie haben nur Oma Rosa und ich sowie ihr Haus auch die folgenden Bombenangriffe unversehrt überstanden. Aus Angst, verschüttet zu werden, war Oma Rosa nie in einen Luftschutzkeller gegangen. Stattdessen holte sie mich immer in ihr Bett und versuchte, uns mit Kopfkissen vor dem Lärm zu schützen. Nun bin ich der letzte *Wolff* meines Rudels.« Er seufzte tief. »Ich wollte nie eigene Kinder haben, aus Angst, ich könnte sterben, bevor sie groß wären. Aber als Helene mit dir in mein Leben kam, war ich unendlich dankbar. Ich habe mich bemüht, dir ein guter Ziehvater zu sein und Laila ein guter Ziehgroßvater.«

Du warst und bist immer für mich da. Du bist mein Vater, nicht mein Ziehvater, dachte Elina, aber sie konnte es nicht sagen.

Heinrich sah auf die Uhr. »Unsere stille Zeit ist gleich vorüber. Helene und Laila kommen bestimmt bald.« Er klopfte sich mit beiden Händen energisch auf die Schenkel, stand auf und reichte ihr die Hand. »*Bonjour Tristesse*. Die Dekoration ist fertig, nun müssen wir die Rolle des Küchenpersonals übernehmen.«

Elina nahm seine Hand und ließ sich von ihm hochziehen.

Er hielt sie eine Weile im Arm. Schließlich sagte er: »*Dass sie von dem Sauerkohle eine Portion sich hole.*«

Elina lächelte schwach. »*Wofür sie besonders schwärmt, wenn er wieder aufgewärmt.*«

»Worum wollen wir in diesem Jahr wetten?«, fragte Heinrich augenzwinkernd.

»Du liest mir *Bella Belchaud und ihre Papageien* vor, wenn Helene erst nach der Zitronenspeise geht.«

»Wette angenommen. Und du spielst mit mir Mühle, wenn sie uns schon nach den Rouladen verlässt.«

»Wette angenommen.«

Dann gingen sie Arm in Arm in die Küche.

Der große Esstisch war festlich gedeckt mit gestärktem weißen Tuch aus der Wäscherei, in der Heinrich auch seine Hemden waschen und bügeln ließ, und dem schönen Porzellan. Dazu passend hatte er einen kleinen Strauß rosafarbener Rosen in der Sauciere arrangiert, die er nicht benötigte, weil er die Rouladen zusammen mit der Soße in einer Schüssel servieren würde.

Sie brauchten jetzt nur die Klöße zu kochen und die Rouladen und den Rotkohl aufzuwärmen, alle Jahre wieder.

Als die Ladenklingel schrillte, gingen Heinrich und Elina ins Wohnzimmer. Sie hörten Helene und Laila miteinander redend die Treppe heraufkommen.

Elina blieb beim Ohrensessel stehen, aber Heinrich ging ihnen entgegen. Er umarmte zuerst Helene und dann Laila. »Ich freue mich, dass ihr da seid.« Dann nahm er ihnen die Mäntel ab und hängte sie an den Kleiderständer. »Das Essen ist fertig. Ich fülle schon mal die Schüsseln auf.« Er ging in die Küche.

Helene hatte ihre hellbraun gefärbten Haare kunstvoll hochgesteckt und ein paar Strähnen herausgezupft. Sie trug einen weißen Pullover, eine dunkelbraune Hose und eine offene hellbraune Strickjacke, passend zur Haarfarbe. Sie umarmte Elina. »Schön, dass wir uns auch mal wieder sehen, Elina. Du kommst so selten bei mir vorbei. Aber wie heißt es so treffend: *Willst du gelten, erscheine selten.*«

»Schön, dich auch mal wieder zu sehen, Helene.« Elina löste sich von Helene und wandte sich ihrer Tochter zu.

Laila trug ein rotes Jerseykleid. Ihre blonden Haare umrahmten ihr schmales Gesicht. Die Augen hatte sie mit schwarzem Kajal betont und farblosen Glanz auf die Lippen gelegt.

»Gut siehst du aus.« Elina küsste Laila auf die Wange.

»Heinrich, die Roulade schmeckt wieder total lecker«, sagte Laila mit vollem Mund. »Und Helene, was ich dich schon immer mal fragen wollte: Hattest du eigentlich eine Traumrolle?«

Helene räusperte sich. »Ja, die hatte ich, allerdings war sie nicht nur Traum, sondern Trauma zugleich. Über diese Rolle habe ich bislang nicht sprechen können. Das kann ich auch heute nicht. Irgendwann werde ich es dir erzählen, Laila.«

Elina war froh, denn noch eine traurige Geschichte hätte sie an diesem Tag nicht ertragen. Aber Lailas Theaterfrage würde Heinrichs und ihre Wette entscheiden.

»Kannst du denn über deine peinlichste Rolle reden?«

»Ja, das kann ich.« Helene lächelte gequält. Dann legte sie das Besteck auf dem Tellerrand ab und lehnte sich zurück. »Es war die Frau Marthe Rull im *Zerbrochnen Krug* von Kleist.«

»Ich erinnere mich, dass du mir verboten hattest, zur Premiere zu kommen«, sagte Heinrich.

»Aus gutem Grund. Ich war schon widerwillig zu den Proben gegangen. Der Spielleiter war jung und die Bühnenbildnerin, die auch die Kostüme entworfen hatte, war ebenfalls jung. Das Stück spielt zwar in einem niederländischen Dorf in der Nähe von Utrecht, warum ich aber aussehen musste wie die damalige Königin Beatrix mit ihrer Haubenfrisur, hat sich mir nicht erschlossen. Mein jüngerer Kollege und ewiger Junggeselle Peter Flohr, der eine markante Stimme hat und obendrein gut singen kann, spielte den Dorfrichter Adam. Er war fast nackt, hatte nur eine Stoffwindel um die Lenden geschlungen und humpelte mit einem schwarzen orthopädischen Schuh über die Bühne. Zudem musste er sich öfter rückwärts in den Schacht hocken, in dem der Eiserne Vorhang heruntergefahren wurde, als leide er an Durchfall und müsse unter sich lassen. Der Dorfrichter Adam muss auch *seine* peinlichste Rolle gewesen sein. Mir graust, wenn ich an das Bühnenbild denke: Die Vorderbühne war voller Matsch.«

»Richtiger Moddermatsch?«, fragte Laila.

»Richtiger Moddermatsch«, antwortete Helene.

Elina lachte. »Die Rumpelwichte in *Ronja Räubertochter* fragen: *Wiesu tut sie su? Wiesu denn bluß?*«

»*Wiesu denn bluß?*« Helene überlegte kurz. »Vielleicht hatten der Spielleiter und die Bühnenbildnerin der Kraft des Stückes nicht vertraut und wollten zeigen, wie tief der Dorfrichter im Dreck steckte. Es gibt ja auch Leute, die einen Witz erzählen, um ihn gleich darauf zu erklären. Das Premierenpublikum bedachte die Inszenierung nur mit verhaltenem Applaus. Die ehrlichen Kollegen verließen schweigend das Theater. Die unehrlichen gratulierten überschwänglich. So mies hatte ich mich bei keiner anderen Premiere gefühlt. Es gab noch drei Aufführungen. Danach wurde die Inszenierung abgesetzt, worüber ich froh war. Ich mochte es nie, wenn die Schauspieler auf der Bühne mit Torte warfen. Ich mochte es lieber, wenn die Schauspieler nur so taten, als würden sie mit Torte werfen.«

»Warst du traurig, als du in den Ruhestand gehen musstest und nicht mehr spielen durftest?«

»Ich war nicht nur traurig, ich war krank. Das Spielen war wie eine Sucht, und auf Entzug geht es einem Süchtigen schlecht. Es war immer aufregender, eine andere zu sein, obwohl ich auch immer Lampenfieber hatte. Aber warum fragst du mich das alles?«

»Ach, nur so.«

»Falls es dich interessiert, ich habe zu Hause noch einen Karton mit Fotos und Zeitungsausschnitten.« Helene rührte ihr Besteck nicht wieder an.

In dem Moment war Elina klar, dass Heinrich die Wette gewinnen würde. Sie aß schweigend weiter.

Heinrich und Laila taten es auch.

Anstandshalber wartete Helene, bis sie fertig waren. »Der Geist einer vergangenen Weihnacht überwältigt mich wieder. Seid bitte nicht böse, aber ich möchte nach Hause gehen.« Sie stand auf und ging hinaus.

Heinrich erhob sich ebenfalls. Er nahm die Rosen aus der Sauciere, wickelte sie in Küchenkrepp und folgte Helene. Die Rosen würde er ihr zum Abschied schenken. Alle Jahre wieder.

Dann schaute auch Laila auf die Uhr. »Ist es okay, wenn ich auch gehe?«

»Gehst du noch zu deinem Vater?«, fragte Elina nervös.

»Nein.«

Da wusste Elina, für wen Laila das rote Kleid und den schwarzen Kajal trug. »Wie heißt er denn? Der Neue?«

»Bela Brendel. Aber das wollte ich gar nicht verraten, ist mir so rausgerutscht.«

»Der Volksmund spricht: *Wes des Herz voll ist, des läuft der Mund über.*«

Laila umarmte Elina flüchtig und eilte hinaus.

Da liebte Richard also eine Benita und Laila einen Bela.

Beim Abwaschen folgte Heinrich dem inneren Zwang, das Geschirr vorspülen zu müssen, wie Oma Rosa es immer getan hatte. Das hatte er schon getan, als Hannes, Reni, Richard und Elina bei ihm gegessen hatten. Es war, als fürchte er, Oma Rosas Geist würde drohend über dem Abwaschbecken kreisen, sollte er das Vorspülen einmal auslassen.

Vorsichtig spülte er jede Schüssel und jeden Teller ab.

Genauso vorsichtig trocknete Elina jede Schüssel und jeden Teller mit dem Geschirrtuch. Sie wischte über die blühende rosafarbene Rose in der Mitte eines Speisetellers und die drei Blütenknospen, die auf dem Rand verteilt waren.

Da nahm Heinrich die Sauciere aus dem Wasser und zeigte ihr die Unterseite. »Schau dir mal das Siegel an. Die gekreuzten blauen Schwerter haben sich seit 1731 mehrfach verändert, so dass Experten den Zeitraum der Herstellung bestimmen können. Diese Schwerter hier haben keine Knäufe, aber einen Punkt zwischen den Klingenspitzen. Das ist die sogenannte *Knopfschwertermarke.* Sie zeigt an, dass das Porzellan zwischen 1924 und 1934 gefertigt wurde. Das Porzellan schenkte mein Großvater Heinrich Oma Rosa zur Rosenhochzeit. 1925. Erstaunlicherweise sind das Kaffee- und das Speiseservice noch vollständig und heil. Ein neuer Speiseteller kostet heutzutage fast vierhundert Euro. Das Porzellan ist immer meine Versicherung für den Notfall gewesen. Ich bin froh, dass ich es bisher nicht verkaufen musste.« Er räusperte sich. »Ich erzähle dir das nur, damit du es nicht eines Tages auf den Flohmarkt trägst.«

»Nein, das werde ich nicht tun, und *eines Tages* ist noch lange hin.«

Als Elina die Sauciere abtrocknete, musste sie an die Rosen denken, die Heinrich Helene geschenkt hatte. »Liebst du Helene?«, fragte sie zaghaft.

»Ja«, antwortete er. »Obwohl unsere Beziehung kompliziert ist, schon immer war. Sie ist extrovertiert, und ich bin introvertiert. Als ich mit ihr und dir zusammenziehen wollte, wollte sie nicht. Als sie es dann wollte, wollte ich nicht mehr. Wir sind ein Paar mit Freiräumen, die ich viel mehr brauche als Helene.«

»Darf ich dich fragen, ob du vor Helene andere Frauen hattest?«

»Ja, ich hatte andere Frauen. Geliebt habe ich nur eine von ihnen. Sie hieß Maria, aber sie nahm einen anderen. Das tat lange weh, dennoch war ich froh, das hohe Gefühl überhaupt erfahren zu haben. Manche Menschen lernen es nie kennen.«

»Lebt sie noch?«

»Nein, sie starb vor ein paar Jahren, wie ich gehört habe.«

Elina bohrte nicht weiter nach. Schweigend beendeten sie den Abwasch.

Nachdem die Küche aufgeräumt war und das Meissener Porzellan wieder vollständig und heil in der Vitrine stand, holte Heinrich das Mühlespiel von der Anrichte und zwinkerte ihr zu. »Ich habe die Wette gewonnen.«

»Ja, lässt du mich dafür das Spiel gewinnen?«

»Nein, den Sieg musst du dir erspielen.«

FRÜHJAHR 2019

Als Ehepaar hatten Richard und Elina das Gerichtsgebäude betreten. Er in Jeans und schwarzer Lederjacke, sie im langen schwarzen Mantel.

Als Geschiedene verließen sie es.

»Wollen wir noch eine Tasse Kaffee trinken?«, fragte Elina nach einem Blick auf die Uhr.

»Nein, tut mir leid, aber ich werde abgeholt.« Richard deutete auf die andere Straßenseite.

Elina spürte die Klinge im Bauch, als sie Benita entdeckte. Benita Rojahn.

»Dein Leben A endete soeben. Und dort drüben steht dein Leben B. B wie Benita.«

»Na, dann.« Richard kratzte sich verlegen am getrimmten Dreitagebart. Den Bart pflegte er, damit er lässig wirkte, das wusste sie, wie so vieles andere auch. Den Kaffee trank er nur mit Schlagsahne. Die Boxershorts und die Unterhemden hatte sie ihm auch bügeln müssen.

»Na, dann.« Elina löste sich von seinen blauen Augen und ging, ohne noch einmal zu Benita zu schauen. Renis Reisebüro war in der Nähe, aber bei Reni wollte sie nicht klagen.

Sie ging zu den Wallanlagen. Dort waren um diese Zeit nicht so viele Menschen unterwegs.

Das erste zarte Grün zeigte sich, aber die Forsythien und die Narzissen blühten schon üppig, auch die Perlhyazinthen und die Blausterne. Gelb und Blau waren die dominierenden Farben. Wenigstens die Sonne hielt sich anstandshalber bedeckt.

Etwas in Elina war gestorben. Verstorbene in der Zeitung oder im Netz wurden immer auf einem Schwarz-Weiß-Foto präsentiert. Warum war jetzt alles bunt und nicht schwarz und weiß?

Im Rosengarten setzte sich Elina auf die weiße Bank gegenüber der blühenden Magnolie.

Hier saß sie manchmal im Sommer.

Nach der Arbeit.

Für eine Weile.

Die Rosen in den Beeten hinter der niedrigen Hecke waren kurz geschnitten und kahl. Der Springbrunnen war noch leer.

Sie spürte die Tränen auf den Wangen, als sie das Brautpaar und den Fotografen näher kommen sah. Die Braut in Weiß mit weißen Rosen, der Bräutigam in Schwarz mit weißer Fliege.

Während das Paar vor der Magnolie posierte, um Fotos für die Ewigkeit machen zu lassen, ließ sich neben Elina eine alte Frau erschöpft auf der Bank nieder.

»Oh, eine weiß gekleidete Braut, dann ist es wohl ihre erste Hochzeit«, sagte die Frau und massierte stöhnend ihre Beine. »Nun, ich war dreimal verheiratet, bin zweimal geschieden und einmal verwitwet«, fuhr sie ihren Monolog fort, ohne Elina anzuschauen. »Ich habe leider keine Kinder. Vor Kurzem bin ich freiwillig ins Altenheim gegangen. Mein Bett und eine Kommode habe ich mitnehmen dürfen. Die anderen Möbel habe ich alle auf die Straße stellen lassen. Bei der Abfuhr bin ich zufällig vorbeigekommen und habe zugeschaut. Es war traurig mit anzusehen, wie meine Möbel krachend im Sperrmüllfahrzeug geschreddert wurden. Ritsch ratsch!«

Wie Banksys Bild *Girl with Balloon,* dachte Elina. *Ritsch ratsch!*

»Siebenundzwanzig Minuten hat das Schreddern gedauert.« Die alte Frau stöhnte. »Was am Ende bleibt. Ein Bett und eine Kommode.«

Wenige Sekunden nur dauerte es, bis das halbe, für eine Million Pfund versteigerte Bild, auf dem ein Mädchen einen roten Herzballon davonfliegen lässt, geschreddert wurde.

Was am Ende bleibt. Eine Hälfte.

Dabei sollte das ganze Kunstwerk zerstört werden. Ist dummerweise schiefgelaufen. Banksy selbst hat das neu entstandene Kunstwerk neu betitelt: *Love is in the Bin.* Die Liebe ist im Eimer.

»Ach, man sollte allein sterben, sonst trauert der andere so.« Die alte Frau erhob sich mühsam und humpelte davon.

Was am Ende bleibt, wenn die Schleifsteine in den Brunnen gefallen sind: Ein Hut im Wind.

Elinas Tränen tropften auf den Mantel. Sie ließ es geschehen.

Als sie einen Radfahrer scharf bremsen hörte, zuckte sie zusammen.

»Haben Sie gerade jemanden beerdigt, Frau Bludau?«

Sie schaute ihn verlegen an.

Dr. Frahm trug Jeans, einen olivgrünen Kapuzenpullover und eine schwarze Daunenweste. Er setzte sich neben sie, zog eine Packung Taschentücher aus der Westentasche und reichte sie ihr.

»Danke.« Elina nahm die Packung, zog ein Taschentuch heraus und schnäuzte sich. »Nicht jemand, sondern etwas.« Sie schaute auf die Uhr. »Vor neunundvierzig Minuten endete im Amtsgericht die Trauerfeier für meine Ehe.«

Zweiundzwanzig Minuten hat das Scheiden gedauert.

Was am Ende bleibt. Zwei Hälften.

Sie warf das Taschentuch in den Abfallkorb, der neben der Bank stand.

Er schwieg.

Sie auch.

»Ich weiß, wie Sie sich fühlen«, sagte er nach einer Weile.

Es war gut, dass er keine banalen Weisheiten von sich gab, wie *Die Zeit heilt alle Wunden* oder *Kopf hoch, wird schon wieder*.

Elina nahm das nächste Tuch und schnäuzte sich wieder.

»Darf ich Ihnen eine indiskrete Frage stellen?«, fragte sie.

»Ja.«

»Haben Sie sich *danach* noch einmal verliebt?«

»Ehrlich gesagt, habe ich mich vor nicht allzu langer Zeit noch einmal verliebt, aber ich hätte es nicht mehr für möglich gehalten.«

»Und *weiß* sie es schon?«

»Wer sagt denn, dass es eine *Sie* ist?«

»Oh, ich wollte Ihnen nicht zu nahetreten.«

»Das war ein Scherz.« Er lachte kurz auf. »Darf ich Ihnen auch eine indiskrete Frage stellen?«

»Ja. Gleiches Recht für alle.«

»Was finden Sie an einem Mann anziehend? Schönheit?«

»Schönheit allein?« Sie schnäuzte sich erneut. »Nein. Wozu ist ein schöner Krug nütze, wenn er nicht auch mit Klugheit, Fürsorglichkeit und Humor gefüllt ist.«

»Mit Humor habe ich es schon versucht, aber sie hat nicht reagiert.«

»Vielleicht müssen Sie ihr noch Zeit geben, möglicherweise ist sie emotional noch an einen anderen Mann gebunden so wie ich. Für mich fühlt es sich seltsam an: Geschieden zu sein von einem Mann, in den ich immer noch verliebt bin.« Sie knautschte die Packung mit beiden Händen. »Wie ist Veränderung in der Mitte?«

»In der Mitte ist sie chaotisch.«

»Das trifft es: Versunken im Chaos. Genauso fühle ich mich.« Sie seufzte. »Aber ich will Sie nicht aufhalten. Sie waren zielstrebig mit dem Rad unterwegs.«

»Sie halten mich nicht auf. Ich schaffe noch, was ich mir vorgenommen habe. Ich will Rosen zurückschneiden. Rosen schneidet man an einem trüben Tag, wenn die Forsythien blühen, und es ist ja erst früher Nachmittag.«

»Sie sind Rosenzüchter? Dabei hatte ich auf Golfspieler getippt.«

»Golfspieler?« Er lachte. »Nein. Mein Vater hat mir seinen Garten voller Rosen vererbt. Er hat immer gesagt: *Wenn man eine einzelne Rose betrachtet, erkennt man, dass es keine schönere Blume gibt.* Erst wollte ich den Garten abgeben, aber dann habe ich gedacht: *Sie werden mir fehlen ... die Rosen ... aus meines Vaters Garten.*«

»Wie poetisch. Sie sollten an einem Lyrikwettbewerb teilnehmen.«

»*Eine Rose ist eine Rose ...*«, sagte Dr. Frahm.

»*... ist eine Rose*«, beendete Elina das Zitat von Gertrude Stein.

»In meines Vaters Garten gibt es auch eine *Elina.* Sie ist eine gesunde, dezent duftende Edelrose mit wunderschönen gelbweißen Blüten und dunkelgrünem Laub, die beharrlich von Juni bis zum ersten Frost blüht.«

»Eine gesunde, duftende, schöne und beharrlich blühende Edelrose? Das sind rosige Aussichten für die Postmenopause.«

Er schmunzelte. »*Elina* ist übrigens eine Kreuzung aus *Nana Mouskouri* und *Lolita* und wurde 2006 zur *Weltrose* gekürt.«

»*Nana Mouskouri* und *Lolita?*« Elina lachte. »Das wird ja immer rosiger. Aber *Weltrose* ist ein schöner Titel.«

»Übrigens habe ich auch eine *Astrid Lindgren* im Garten. Sie blüht hellrosa.«

»Haben Sie denn auch eine Agatha Christie? Vermutlich ist sie eine Kreuzung aus Mary Shelley und Rosamunde Pilcher und ihre Blüten sind so rot wie Blut.«

»Ich habe keine *Agatha Christie*, aber es gibt eine Kletterrose dieses Namens, auch *Ramira* genannt. Die Blüten sollen kräftig rosa sein und nur schwach duften. Über ihre Eltern ist allerdings nichts bekannt … Das ist eine gute Idee, ich werde die Krimiautorin in meinen Garten pflanzen.«

»Sie kennen sich aber gut mit Rosen aus.«

»Meine geschiedene Frau hat gern die Romanzen von Rosamunde Pilcher gelesen. Sie hat mal gesagt, dass die Liebhaber meistens Rosenzüchter oder Ärzte sind, manchmal sowohl als auch.«

Elina konnte sich das Lachen nicht verkneifen.

»In einer bunten Wartezimmerzeitschrift habe ich einen Nachruf gelesen. Rosamunde Pilcher hat wohl die Romantik in ihren Büchern gesucht, denn sie hat mal gesagt: *Ich habe mehr gebügelt als geliebt.*«

»So viel Bügelwäsche, wie ich dann bräuchte, habe ich gar nicht.« Elina stand auf und reichte ihm die zerknautschte Packung. »Danke, dass Sie mich zum Lachen gebracht haben. Unser Gespräch hat mir gutgetan.«

»Mir auch.« Dr. Frahm stand auch auf. »Und, nein danke, ich habe noch eine Packung.« Er zögerte kurz, dann ging er zum Rad.

»Sie sollten Ihre *Elina* nicht zu kräftig stutzen«, rief sie ihm nach.

Er drehte sich noch einmal um. »Die Rosenzüchter sagen: *Je kräftiger der Rückschnitt, desto reicher die Blüte.*« Er fuhr los.

Sie schaute ihm nach, bis er so klein war wie eine Streichholzschachtel.

Eine Kreuzung aus *Nana Mouskouri* und *Lolita?* Na ja, wenigstens die *Weltrose* von 2006.

Sie steckte die Taschentücher in die Manteltasche und wanderte nach Hause.

Ohne den Mantel auszuziehen, ging sie sofort ins Schlafzimmer. Der weinrote Pyjama lag noch immer in Richards Bett, noch immer drapiert mit ineinandergesteckten Ärmeln.

Hast du seinen Schlafanzug auch noch im Ehebett liegen, in der Hoffnung, er kommt zurück?, hatte Reni gefragt.

Wie einfältig sie gewesen war. Auf dem Kleiderschrank standen zwei Koffer: ein brauner Lederkoffer und ein roter Rollkoffer. Sie nahm den Lederkoffer herunter und packte den Pyjama ein. Dann stellte sie den Koffer wieder auf den Schrank zurück. Die brennende Kerze am Abend brauchte sie auch nicht mehr ins Fenster zu stellen.

Love is in the Bin. Die Liebe ist im Eimer.

SOMMER 2019

Wie gut, dass sie rechtzeitig losgefahren war, denn es war ein heißer Sommer in diesem Jahr und die Urlauber in den Autos vor ihr wollten gewiss an den Strand fahren. An den Strand von Markgrafenheide oder Graal Müritz.

Sie war mit dem Stadtförster verabredet, der eine angenehme Telefonstimme hatte. Gestern Abend hatte sie noch im Netz recherchiert: Vom Studiengang Forstwirtschaft war sie über Schnittschutzhosen zum Trailer *Der Förster vom Silberwald* geraten, einem Heimatfilm aus den fünfziger Jahren: Der Hubert mit grünem Rock, Hut und Gämsbart kämpft gegen die Abholzung des Waldes – was für ein aktuelles Thema auch in der Stadt – und verliebt sich in die Liesl. Doch da reist auch schon der Max aus Wien an, der ebenfalls in die Liesl verliebt ist, und stiftet Unruhe. Man konnte sich schon verlieren in den Weiten des Netzes.

Den Film könnte auch Oma Rosa noch im Westfernsehen gesehen haben, denn sie ist erst 1976 gestorben. An einem Januarabend ist sie ins Bett gegangen und am nächsten Morgen nicht wieder aufgewacht. Was für ein friedliches Hinübergehen.

Elina stellte den zerbeulten silberfarbenen Meriva auf dem Parkplatz vor dem Forsthaus ab und nahm den Rucksack heraus. Da sah sie ihn schon kommen.

Er reichte ihr die Hand. Einen Ehering trug er nicht, aber das hatte wohl nichts zu bedeuten, denn in seinem Job würde ein Ring nur stören.

»Rainer Fuhrmann.«

Sie erwiderte seinen kräftigen Händedruck. »Elina Bludau. Danke, dass Sie Zeit für ein Interview haben.«

»Das gehört zu meinen Aufgaben. Schließlich führe ich auch die Angehörigen durch den Friedwald, die ein Ruhebiotop auswählen möchten.«

Förster Fuhrmann war ein stämmiger Mittvierziger mit blauen Augen und dunkelblonden Haaren. Mit seinem dunklen Dreitagebart, der eher wie zu faul zum Rasieren aussah, war er die ideale Besetzung für den *Hubert* vom Silberwald.

Hach, ein Traum in Schwarz-Rot und Neongelb, würde Reni sagen. *Einen Förster hatte ich noch nicht.*

Elina musste schmunzeln.

»Warum lachen Sie?«

»Entschuldigen Sie bitte, aber mit dem schwarzen Shirt und der rot-neongelben Schnittschutzhose entsprechen Sie so gar nicht meiner kitschigen Vorstellung eines Försters im grünen Rock.«

Er lachte. »*Förster Grünrock erzählt von den Tieren des Waldes.* Kennen Sie das Kinderbuch?«

»Ja.«

»Meine Mutter hat es mir oft vorgelesen. Das Buch ist der Grund, warum ich Förster geworden bin.«

»Wie interessant.« Ein Kinderbuch war auch der Grund, warum Elina einmal Geschichten schreiben wollte. »Allerdings habe ich eher an den *Förster vom Silberwald* gedacht, aber wenn ich Sie so anschaue, dann hat der Kostümbildner in den falschen Koffer gegriffen.«

Er lachte. »Ältere Damen haben mir schon von dem Film erzählt, ich sollte ihn mir endlich mal anschauen.«

Ältere Damen! In das Bühnenfach wechsle ich gerade, dachte sie.

»Auch, wenn Sie einen anderen erwartet haben, lassen Sie uns nun in den Wald gehen. Sie haben mehr davon, wenn Sie Ihr Handy stumm stellen. Aber das ist nur eine Empfehlung.«

Sie tat es.

Zuerst gingen sie einen breiten Sandweg entlang, an dessen Ende ein Bestattungsauto stand. Von hier aus führte ein Pfad zu einer Lichtung, hinter der sich ein kleiner Teich befand.

»Das ist unser Andachtsplatz.«

Drei Bestatter waren dabei, eine Trauerfeier vorzubereiten. Den großen Baumstumpf, der im rechten Winkel von jeweils zwei versetzt hintereinanderstehenden rustikalen Bänken umgeben war, schmückte ein Bestatter mit Tannenzweigen. Dann stellte er vorsichtig eine weiße Urne darauf. Ein anderer drapierte Kränze, Blumenschalen und Kerzen um den Stumpf und stellte ein Foto des Verstorbenen auf eine niedrige Staffelei. Der dritte kümmerte sich etwas abseits um die Musikanlage. An der fünften Bank, weiter hinten, bereitete sich der Trauerredner vor. Sie sahen, wie er einen mobilen Lautsprecher in die schwarze Jackettasche schob und ein kleines Mikrofon am Revers befestigte. Dann machte er eine Sprechprobe, um die Lautstärke zu regulieren.

»Meine Mutter ist Schauspielerin am Theater gewesen. Die Szenerie hier erinnert mich an eine Vorstellung, bei der die Requisiteure gerade das Bühnenbild dekorieren.«

»Ja, aber in diesem Fall ist es eine Naturbühne und es wird nur die Premiere gespielt, ohne Proben zuvor. Jede Inszenierung kann anders gestaltet sein, im besten Fall so, wie es sich die oder der Verstorbene gewünscht hat. Ich finde ja, man sollte die Trauerfeier besser Lebensfeier nennen.«

»Das haben Sie gut gesagt. Für den Verstorbenen ist es eine *Lebensfeier*. Für die Hinterbliebenen ist es eine *Trauerfeier*, um Abschied nehmen zu können. Auch, wenn der Schmerz über den Verlust manchmal so groß ist, dass der Abschied nicht gleich gelingt.«

Er führte sie zur Beisetzungsstelle, die mit Tannengrün umkränzt war. Neben einer Schale mit Erde und Schaufel für den symbolischen Erdwurf stand ein Körbchen mit Blütenblättern. »Einzelne Blumen und Blütenblätter dürfen mit ins Grab gegeben werden. Die Kränze, Blumenschalen und Kerzen müssen die Requisiteure allerdings wieder entfernen, damit das Ökosystem im Wald nicht gefährdet wird. Die Requisiten dürfen auch bei einem späteren Grabbesuch nicht mitgebracht werden. Auch wird nach der Beisetzung der natürliche Zustand des Waldbodens wiederhergestellt. Die Beisetzungsstelle ist dann nur noch zu erahnen.«

Während Sie auf verschlungenen Wegen tiefer in den Wald gingen, erzählte er ihr von diesem alten Wald mit der Nähe zum Meer, was ihn so besonders machte.

Vor einer Eiche blieb er schließlich stehen. Er trat näher an den Baum und streichelte den Stamm. »Das ist *mein* Baum.« Er deutete vage auf eine Stelle auf dem Boden. »Hier liegen schon meine Eltern begraben.«

»Ist es nicht komisch zu wissen, wo man einmal begraben wird?«

»Nein, ich finde es eher beruhigend. Auch, dass mein Sohn nicht über mein Grab nachdenken muss und von der Pflege befreit ist, denn die übernimmt die Natur.«

»Warum haben Sie sich für eine Eiche entschieden?«

»Waren Sie jemals im *Trollskogen* – im Zauberwald – auf der nordöstlichen Landzunge der schwedischen Insel Öland?«

»Nein.«

»In dem urban belassenen Wald gibt es vom Wind gepeitschte Kiefern und von Efeu umrankte Eichen mit riesigen Kronen, deren Wurzeln die Wege kreuzen. An einer uralten Eiche hing ein Schild: *Eine Eiche wächst dreihundert Jahre lang, sie steht dreihundert Jahre lang und sie stirbt dreihundert Jahre lang.* Diese Eiche hier ist nicht so riesig, aber sie hat mich an die Eiche im Zauberwald erinnert.«

Die Trauerfeier hatte begonnen, denn *Der letzte Walzer* tönte durch den Wald.

Und die Vögel zwitscherten lauter, als müssten sie einen Konkurrenten übertönen.

Sie hörten Kinderlachen.

Schließlich kamen sie an einer Familie vorbei, die bei einer Erle neben einem Picknick-Korb stand. Die beiden Kinder im Kindergartenalter und die Eltern aßen gerade Marmorkuchen.

Elina überlegte, ob Fuhrmann die gelbe Rose, die im Boden steckte, nicht bemerkt hatte oder geflissentlich darüber hinwegsah, um die heitere Stimmung nicht zu stören. Sie wollte ihn schon fragen, hielt sich aber zurück.

»Ja, ich habe die Rose gesehen«, sagte er, nachdem sie weitergegangen waren. »Aber ich wollte die Familie nicht in ihren Erinnerungen stören.«

»Können Sie Gedanken lesen?«

»Nein, Sie haben mich nur so fragend angeschaut.«

Dann zeigte er ihr eine Fläche, auf der man eigene Bäume pflanzen konnte.

»Braucht so ein Baum nicht länger als ein Menschenleben, bis man zwischen seinen Wurzeln eine Urne versenken kann?«

»Da haben Sie im Grunde recht.«

Auf dem Rückweg kamen sie an einer prächtigen Buche vorbei, die nahe am Weg stand.

»An dieser Buche sind noch Ruhebiotope frei. Die Buche ist gut auffindbar. Manchmal kommt es vor, dass Hinterbliebene ihren Baum nicht wieder finden, obwohl sie eine Karte zur Orientierung haben, denn alle Bäume sind katalogisiert.«

»Was für eine schöne Buche, was für ein schöner Wald.« Elina musste unbedingt noch Laila sagen, dass sie sich eine Bestattung in diesem Wald vorstellen könnte. In diesem alten

Wald mit Buchen und Eichen und Erlen und Kiefern. »*Wem ist der Wald, ihr Leute?*«

»*Dem Zauberer.*«

»Märchen hat Ihre Mutter auch vorgelesen?«

»Ja, hat sie. Aber ich bin nur textsicher, weil ich am vergangenen Wochenende meinem kleinen Sohn den *Gestiefelten Kater* vorgelesen habe.«

Der Förster vom Friedwald gefiel ihr, aber er war ein Vater. Allerdings wusste sie nicht, ob in Vollzeit oder Teilzeit, denn von *der Liesl* hatte *der Hubert* noch nichts erzählt. Dabei konnte sie sich gar nicht vorstellen, noch einmal einem Mann zu vertrauen.

Mit Blick auf den Andachtsplatz blieben sie in angemessener Entfernung hinter dem Teich stehen und lauschten. Die Trauerfeier schien sich dem Ende zuzuneigen.

»Wenn Sie ... auf seinem letzten Weg begleiten, bedenken Sie ... die Wege, auf denen er Sie begleitet hat«, hörten sie den Redner sagen.

Dann erklang erneut Musik, dieses Mal war es *Plaisir d'amour*. *Ja, die Freude der Liebe dauert nur einen Moment*, dachte Elina, *aber der Liebeskummer währt ein Leben lang.*

Ein Bestatter ging zum Baumstumpf und nahm die Urne auf und schritt zur Beisetzungsstelle.

Die Hinterbliebenen folgten ihm.

Elina fotografierte den verlassenen Andachtsplatz.

Fuhrmann reichte ihr zum Abschied die Hand. »Falls Sie noch Fragen haben, dann melden Sie sich bitte.«

»Danke.«

»Auch für den Fall, dass Sie selbst ein Ruhebiotop erwerben möchten: Meine Nummer haben Sie ja.«

»Das wird nicht so schnell passieren.«

Sie blieb noch eine Weile stehen.

Später ging sie zum Andachtsplatz und setzte sich auf eine Bank.

Die Vorstellung war zu Ende. Sie hörte die Zuschauer laut reden, jemand lachte sogar. Dann verließen sie den Wald. Und die Requisiteure bauten die Naturbühne zurück. Sie ließen nur die Tannenzweige auf dem Baumstamm liegen.

Zwischen den Bäumen sah sie einen Forstarbeiter, der mit einer Schaufel zur Beisetzungsstelle ging.

Irgendwann war Elina allein.

Und es war still.

Nein.

Die Vögel zwitscherten und die Blätter rauschten leise.

Elina nahm das Notizbuch und einen Stift aus dem Rucksack und machte sich Notizen.

Eine Lok tutete in der Ferne. Das war der Haken für ihren Artikel. Mit diesem Satz begann sie. Und dann schrieb sie den Artikel runter.

Sie war überrascht. Das hatte sie lange nicht mehr gemacht: einen Artikel mit der Hand zu schreiben. Und ihre Handschrift war sogar lesbar. Vielleicht musste sie noch ein paar Sätze umstellen und den Artikel kürzen, aber im Wesentlichen war er fertig.

In der Redaktion angekommen, stellte sie den Rucksack auf den Stuhl und holte das Notizbuch und die Kamera heraus.

»Elina! Endlich bist du zurück!«, rief Hannes aus seinem Glaskasten kommend. »Helene und Laila haben schon mehrmals hier angerufen, da sie dich nicht auf deinem Mobiltelefon erreicht haben.«

»Ich habe es im Friedwald lautlos gestellt und dann vergessen. Was ist passiert?«

Hannes schob fahrig die Brille hoch. »Heinrich liegt im Südstadt-Klinikum auf der Intensivstation. Du sollst so schnell wie möglich kommen! Soll ich dich hinfahren?«

»Nein, am Freitagnachmittag bin ich mit der Straßenbahn schneller.« Elina hatte das Gefühl, als passiere das gerade einer anderen. »Aber würdest du bitte meinen Artikel über den Friedwald abtippen und redigieren? Ich habe ihn vor Ort geschrieben.« Sie war erstaunt, wie klar und strukturiert sie trotz der schrecklichen Nachricht handeln konnte.

»Ja, zur Not kann ich den Beitrag schieben. Ich übernehme auch deinen Dienst am Wochenende. Ruf mich an, wenn ich euch helfen kann.«

Sie gab ihm das Notizbuch und die Kamera.

»Da ist noch etwas.«

Elina sah ihn fragend an.

»Heinrich ist nicht mehr bei Bewusstsein.«

Eine Schwester ließ Elina auf die Intensivstation und nannte ihr die Zimmernummer. Da sah sie schon Helene und Laila aus einem Krankenzimmer kommen.

Helene sah fahl aus, ihre Augen waren verweint. Vor Erschöpfung brachte sie kein Wort heraus.

Auch Laila sah ermattet aus. »Der Arzt erteilte uns erst Auskunft, nachdem Helene ihm Heinrichs Vorsorgevollmacht gezeigt hatte«, sagte sie. »Heinrich hatte eine Lungenembolie. Sie haben ihm ein Medikament gegeben, damit sich der Pfropfen auflöst. Da er jahrelang Blutverdünner genommen hat, sind seine Adern durchlässiger geworden. Besonders eine im Kopf.« Laila hielt kurz inne. »Der Arzt hat auch gesagt, falls Heinrich zurückkäme, würde er ein Pflegefall sein.«

»Ich möchte nur noch nach Hause«, sagte Helene schwach.

»Ich begleite dich und bleibe noch eine Weile bei dir.« Laila führte Helene zum Ausgang.

War Laila manchmal noch wie eine Pusteblume im Wind, so konnte man sich auf sie verlassen, wenn es darauf ankam. Auch hatte sie ein besseres Verhältnis zu Helene als Elina. Großmutter und Enkelin gingen wohl anders miteinander um als Mutter und Tochter.

Elina betrat das Krankenzimmer, es war ein Einzelzimmer.

Da lag er nun, der große kräftige Mann mit den weißen welligen Haaren und der hohen Stirn, nicht mehr im feinen grauen Anzug, sondern im klein gemusterten Klinikhemd. Er wurde beatmet und Flüssigkeit tropfte in seine Adern. Sein Gesicht glühte, darum hatten sie ihn wohl nur mit einem Laken zugedeckt. In seinen Leisten lagen Eisbeutel. Auch hatten sie ihm einen Blasenkatheter gelegt.

All die Kabel und Monitore wirkten beängstigend.

Elina streichelte Heinrich eine Weile. Er duftete nicht mehr nach Zitrone, Sandelholz und Vanille, sondern roch nach Desinfektionsmitteln. »Du warst immer für mich da. Du bist mein Vater, nicht mein Ziehvater ... Als ich Wehen hatte, hast *du* mich in diese Klinik gebracht, weil Richard damals auf Dienstreise war. Die ganze Nacht hast du vor dem Kreißsaal ausgeharrt ... Und dann hast du oft Laila im Kinderwagen spazieren gefahren, damit ich mal schlafen konnte. Als Laila klein war, war ich immer nur müde.« Sie spürte die Distel im Hals. »Ach Heinrich, wenn du eine weiße Kutsche siehst, steig ein! ... Hab keine Angst, der Wagen bricht nicht ... Und vielleicht siehst du ja Oma Rosa wieder.«

Daraufhin pulsierte eine Ader unter seinem Auge und die Messgeräte gaben Alarm.

Die Schwester, die sie eingelassen hatte, kam herein und schaltete den Alarm aus. »Seine Herzfrequenz ist erhöht, was ist passiert?«

»Ich habe nur mit ihm gesprochen.«

»Vielleicht hat er sie ja gehört. Das ist durchaus möglich. Die letzte Wahrnehmung erfolgt übrigens über die Haut.« Die Schwester schaute auf die Uhr. »Es ist gleich halb fünf.

Wir müssten Herrn Wolff dann versorgen. Ich muss Sie leider bitten zu gehen.«

»Ein paar Minuten noch?«

»Gut.« Die Schwester ging hinaus.

Elina streichelte ihn wieder, spürte seine Hitze. »Bitte Heinrich, wenn du auf der anderen Seite bist, dann gib mir ein Zeichen! ... Hörst du? ... Dir fällt schon was ein.«

Die Ader unterm Auge pulsierte wieder und wieder ertönte der Alarm.

Die Schwester kam erneut herein und beendete den Alarm. »Bitte, es tut mir leid.«

»Ich weiß.« Elina wandte sich Heinrich ein letztes Mal zu. »Vertrau mir! Der Wagen bricht nicht.« Sie gab ihm einen Kuss auf die heiße Stirn und nahm seine Hand. Da war ihr, als spürte sie einen sanften Druck, aber das war gewiss nur eine Einbildung.

Sie verabschiedete sich von der Schwester und ging hinaus.

Vor der Klinik ließ sie sich auf einer Bank nieder. Es dauerte nicht lange und ein älterer Patient in einem altmodischen Jogginganzug schlurfte heran und setzte sich neben sie. Er holte eine Schachtel Zigaretten aus der Hosentasche und zündete sich eine an.

Er hielt ihr die Schachtel hin. »Möchten Sie auch eine?«

Elina nahm eine Zigarette.

Er gab ihr Feuer.

»Danke.« Elina versuchte einen Lungenzug.

»Lungenkrebs. Und Sie?«

Elina bekam einen Hustenanfall. Sie warf die Zigarette auf den Boden und trat sie aus. »Traurigkeit.« Sie hustete erneut.

»Meine Frau schwört auf Yoga. Yoga ist gegen alles gut: gegen Traurigkeit, gegen Hitzewallungen in den Wechseljahren, gegen –«

Elina erhob sich. »Entschuldigung. Ich muss gehen.« Sie verließ das Gelände des Klinikums und trottete wie benommen zum Hauptbahnhof. Sie betrat das Bahnhofsgebäude auf der Südseite und ging durch die Unterführung. Auf der Nordseite trat sie heraus und ging an dem Platz mit den Bänken und Schaukeln vorbei zur Ampel.

Sie musste warten.

Bei Grün ging sie los und erstarrte mitten auf der Fahrbahn, als sie plötzlich den vertrauten Duft wahrnahm. Es roch intensiv nach Vanille, Sandelholz und Zitrone. Einem Impuls folgend schaute sie auf die Uhr: siebzehn Uhr neun.

Sie vernahm dumpfes Gehupe und hörte eine Reibeisenstimme fragen: »Geht es Ihnen nicht gut?«

»*Nein, Herr, der Wagen nicht. Es ist ein Band von meinem Herzen, das da liegt in großen Schmerzen.*«

»Der eiserne Heinrich?«

»Ja.«

Sie spürte eine Hand in ihrer Hand, die sie behutsam von der Straße zog. So mutig war lange keiner, sie einfach an die Hand zu nehmen. Aber dies hier war ein Notfall.

»Bitte setzen Sie sich.« Er hatte sie zurück zu einer Bank auf dem Bahnhofsplatz geführt und setzte sich ebenfalls. Noch immer hielt er ihre Hand. »Kann ich Ihnen helfen? Soll ich jemanden anrufen?«

»Nein.« Sie schaute ihn an. Er hatte freundliche Augen und eine markante Nase. Mit den breiten Koteletten sah er wie aus der Zeit gefallen aus.

»Haben Sie es schon mal mit der 47-11-Methode versucht? Die mache ich manchmal vor oder nach einem Auftritt.«

»Sie trinken Kölnisch Wasser?«

Er lachte. »Um Gottes Willen, nein! Das ist eine Atemübung zur Entspannung: Vier Sekunden einatmen, sechs bis sieben Sekunden ausatmen, etwa elf Minuten lang.«

Was war heute bloß los? Erst der Krankenhausmann mit dem Yogatipp, jetzt der Ampelmann mit der Atemübung, aber seine tiefe Stimme beruhigte sie ein wenig. Wenn er jetzt die Straßenverkehrsordnung aus der Jeans zöge und vorlesen würde, wie man sich an einer Ampel zu verhalten habe, würde sie zuhören.

»Nein, danke. Es geht schon wieder.« Vorsichtig zog sie ihre Hand aus seiner.

»Wirklich?«

»Ja. Wirklich.«

»Ja, dann. Alles Gute.«

»Nochmals danke.«

Er stand auf und ging langsam fort.

Elina schaute ihm nach.

Als er sich noch einmal umdrehte, nickte sie ihm zu.

Alles Gute? Gar nichts war gut! Der letzte *Wolff* war tot. Sie griff in die traurige Hosentasche, holte die Kaffeebohnen heraus und betrachtete sie eine Weile.

»Zehn Bohnen sind nicht genug.« Sie hoffte, dass sein Rudel ihn abgeholt hatte. Lotte und Hermann und sein Großvater Heinrich und Oma Rosa.

Sie hängte den Rucksack an den Kleiderständer und schlenzte durch seine Wohnung. »Ach Heinrich! Wie einsam und verlassen es hier ist.«

Elina hatte Fuhrmann eher anrufen müssen als gedacht. Wie hatte er gesagt: *Jede Inszenierung kann anders gestaltet sein, im besten Fall so, wie es sich die oder der Verstorbene gewünscht hat. Ich finde ja, man sollte die* Trauerfeier *besser* Lebensfeier *nennen.*

Würde sie einen Hinweis finden? Und sei es nur eine Notiz. Wenn überhaupt, würde sie wahrscheinlich im Schreibtisch fündig werden.

Vorher öffnete sie noch den CD-Player. Schuberts *Winterreise* lag darin, eine Aufnahme mit Thomas Quasthoff. Hatte er sich gar diese Musik gewünscht?

Dann stieg sie wieder die Treppe hinab.

Der Schreibtisch sah aus, als sei er nur mal kurz Milch holen. Sie betrachtete das Foto von Oma Rosa, das *Bakelit* mit dem Hut obenauf, die Schreibmaschine, die Blechdose mit dem Füller und den zugeklappten Laptop. Darauf lag das rote Notizbuch. Sie nahm es und blätterte darin. Im April hatte er geschrieben:

Heute mit Helene in Warnemünde gewesen, noch einmal am Strand spazieren gewesen. Es war stürmisch, die See war aufgewühlt. Ich war es auch. Schweigend sind wir gegangen, Hand in Hand. Die kalten Winde bliesen mir grad' ins Angesicht, der Hut flog mir vom Kopfe, ich wendete mich nicht, *heißt es in Schuberts* Winterreise. *Ich wendete mich jedoch und hob meinen Hut auf und putzte den feinen Sand ab. Dabei hatte Helene mich mit ihrem Smartphone fotografiert.*

Möglicherweise hatte er sich nach diesem Spaziergang einfach nur die *Winterreise* angehört.

Der nächste Eintrag war vom Juni:

Gestern Nacht rauschten die Blätter des Nussbaums im Wind. Und ein Nachtfalter flatterte immer wieder gegen das Mückennetz vor dem offenen Fenster, aber ich hatte keine Kraft, um aufstehen zu können und ihn freizulassen. Der Wind und der Falter haben mich wach gehalten.

Ich habe das Kind in mir gesucht, aber ich habe es nicht mehr gefunden.

Die letzte Notiz war vom Juli, drei Tage vor seinem Tod:

Ich habe Schmerzen in der Brust und kriege kaum Luft.

Sie schlug das Buch zu und legte es wieder auf den Laptop.

Dann öffnete sie die Schublade. Darin lagen nur das Büttenpapier und die gefütterten Briefumschläge, Briefmarken, Kugelschreiber, Bleistifte, Buntstifte, Anspitzer, Tintenpatronen, Büroklammern, Klebestifte, Klammeraffe, Haftnotizblöcke in verschiedenen Farben und ein Brieföffner. Enttäuscht schob sie die Lade wieder zu.

Dann fiel ihr Blick noch einmal auf das Foto von Oma Rosa. Es steckte schief im Rahmen, was ihr vorhin nicht aufgefallen war. Sie öffnete den Rahmen. Wie überrascht war sie, als sie hinter dem Schwarz-Weiß-Foto ein weiteres Foto entdeckte. Es war das farbige Porträt einer Frau mit grau melierten Locken, so Ende fünfzig, die mit freundlichen braunen Augen in die Kamera lächelte. Sie trug einen schlichten schwarzen Pullover mit rundem Ausschnitt. Auch der Hintergrund des Bildes war dunkel. Hell waren das Gesicht, der Hals, die Haare und die blendend weißen Zähne, die künstlicher Natur zu sein schienen. Es gab nur zwei Farben: das Türkis ihrer extravaganten Ohrringe und das Rot auf den schmalen Lippen. Was für eine aparte Frau, aber ein ganz anderer Typ als Helene.

Elina wendete das Foto. Leider war es weder datiert noch beschriftet.

Wer war diese Frau? Etwa jene Maria, Heinrichs große Liebe?

Sie rückte Oma Rosas Foto gerade und steckte das Foto der fremden Frau dahinter. Dann stellte sie den Rahmen wieder auf den Schreibtisch.

Ein schrilles Geräusch ließ sie zusammenfahren.

Sie konnte es nicht gleich zuordnen, aber es war das *Bakelit*, das unter Heinrichs Hut schellte. Nachdem das Telefon mehrmals geklingelt hatte, hob sie den Hut auf und nahm den Hörer ab. »Wolffs Antiquariat.«

Der Anrufer atmete schwer, schwieg aber.

»Sie sprechen mit Elina Bludau. Und wessen schweren Atem höre ich?«

»Mein Name ist Krößner.« Er räusperte sich. »Kann ich bitte Heinrich sprechen?«

»Heinrich ist tot.«

Sekunden vergingen, ohne dass der Unbekannte antwortete. Schließlich sagte er: »Das habe ich schon vermutet, da er seit drei Wochen nicht angerufen hat.«

»Ich bin seine Ziehtochter.«

»Ich weiß. Von Ihnen hat er oft und gern erzählt.«

»Von Ihnen hat er nie erzählt.«

»Dazu hatte er auch allen Grund.«

»War Heinrich – war er kriminell?«

»Nein, kriminell war er nicht, aber er hatte ein Geheimnis.«

»Ein Geheimnis?«

»Ja, nur er und ich wussten davon. Und ich musste schwören, es nicht zu verraten.« Er räusperte sich wieder.

»Nun. Wir organisieren gerade seine Beisetzung.«

»Wissen Sie schon, wann und wo sie stattfinden wird?«

»Am übernächsten Freitag um vierzehn Uhr im Friedwald in der Rostocker Heide.«

»Ich werde kommen.«

»Ich suche gerade nach einer Notiz von Heinrich, wie er sich seine Trauerfeier vorgestellt hat. Da Sie ihn anscheinend gut kannten, wissen Sie vielleicht etwas darüber?«

»Ja. Heinrich und ich kennen – wir kannten uns seit Jahren. Er hat mir mal auf einer Beerdigung erzählt, dass auf seiner keine Worte fallen sollen, lediglich *The Sound of Silence* von Simon and Garfunkel sollte gespielt werden.«

»Der Klang der Stille … Heinrich hatte die Stille geliebt. Die Stille hier. Er allein mit all den Büchern … Ich danke Ihnen.«

»Bis zur Beisetzung.«

»Bis zum Kennenlernen.«

Er atmete noch einmal schwer. »Bis zum Wiedersehen.« Dann legte er auf.

Sie hörte das Besetztzeichen, da sie noch immer den Hörer in der Hand hielt.

Bis zum Wiedersehen? Meinte er, sie hätten sich schon einmal gesehen? Das konnte gar nicht sein, daran würde sie sich erinnern. Sie hatte zwar ein schlechtes Namensgedächtnis, aber Gesichter konnte sie wieder erkennen.

Nach einer Weile legte sie den Hörer auf. Dieses Telefon konnte gar nicht mehr funktionieren. Sie zog den schweren Schreibtisch ein wenig vor und entdeckte dahinter ein Zusatzgerät: *Digitaler Telefon-Konverter* stand darauf. Heinrich war immer noch für eine Überraschung gut.

War das *Bakelit* Heinrichs Verbindung zu einer geheimen Vergangenheit gewesen? Drückte nicht in so manchem Fernsehkrimi der Kommissar zuerst auf die Wahlwiederholungstaste? Die gab es nicht bei dem antiken Fernsprecher. Das Geheimnis wird er vermutlich mit ins Grab nehmen, in die ewige Stille.

The Sound of Silence.

Gedanken versunken stand sie eine Weile da, aber dann besann sie sich. Heinrich hatte sich nur ein Lied gewünscht. Das musste Helene für ihn arrangieren.

Da der Bestatter sie um Einäscherungskleidung gebeten hatte, ging sie hinauf ins Schlafzimmer. Sie nahm seine Reisetasche und packte Unterwäsche hinein, ein weißes Hemd, die silberne Krawatte mit den weißen Punkten. Da Schuhe nicht erlaubt waren, legte sie nur ein Paar hellgraue Socken dazu. Dann nahm sie den grauen Anzug und die Weste aus dem Schrank und kontrollierte die Taschen. In der Hosentasche fand sie ein benutztes Taschentuch. Das nahm sie heraus. Die Taschen im Jackett waren leer. Auch die Brusttasche. Falls er das Medaillon und die Taschenuhr bei sich gehabt hätte, als er auf der Intensivstation eingeliefert worden war, hatte möglicherweise jemand die Dinge an sich genommen. Was schwer zu beweisen wäre.

Ihr schauderte, als sie sich daran erinnerte, wie ihr eine Schwester Heinrichs Sachen in einem blauen Müllbeutel ausgehändigt hatte. Auch sein Smartphone war darin gewesen. Elina hatte es ausgeschaltet, nachdem sie nur die Nummern von Helene, Laila und ihre eigene darauf gefunden hatte.

Schließlich faltete sie das Jackett, die Weste und die Hose und legte den Anzug in die Reisetasche. Sie nahm noch den Rucksack vom Kleiderständer und stieg die Treppe hinab. Seinen grauen Hut packte sie ebenfalls in die Reisetasche.

Kurz darauf nahm sie ihn heraus und stülpte ihn wieder auf das *Bakelit*. Heinrich musste ohne Hut ins Feuer fahren. Den Hut würde sie zur Erinnerung behalten.

Dann zog sie den Reißverschluss der Tasche zu. »Reise reise!«

Nachdem sie das Antiquariat abgeschlossen hatte, betrachtete sie das Wendeschild. Heinrich musste es noch auf *Geschlossen* gedreht haben. »Für immer geschlossen?«, flüsterte Elina. »Hast du es geahnt?«

Sie nahm die Straßenbahn, auch wenn es nur wenige Stationen bis nach Hause waren.

In der Bahn stellte Elina die Reisetasche auf den Platz am Fenster und setzte sich auf den Platz am Gang. Den Rucksack behielt sie auf dem Schoß.

Krößner? Wo und wann hatte sie diesen Namen schon mal gehört? Wo und wann war sie schon mal einem Mann dieses Namens begegnet? Sie wusste es nicht.

Angeblich kannten er und Heinrich sich. Seit Jahren. Und beide teilten ein Geheimnis. Hing das Geheimnis mit der fremden Frau auf dem Foto zusammen? Hatte Heinrich ein Doppelleben geführt?

Als ihre Haltestelle kam, ging sie zur Tür und drückte auf den Öffner. Die Straßenbahn hielt.

Bevor sie ausstieg, rief eine Frau aufgeregt: »Sie haben Ihre Tasche vergessen!«

Elina blickte sich erschrocken um. Sie raffte die Reisetasche vom Fensterplatz. »Wenn Sie wüssten, was in der Tasche ist!«

»Ich glaube, das möchte ich gar nicht wissen.«

Elina stieg aus.

Die Bahn fuhr weiter.

Elina stellte die Reisetasche ab und schaute der Bahn hinterher, bis sie abbog.

Nicht auszudenken, was mit der Reisetasche passiert wäre! Vermutlich hätte Elina sie nicht wiederbekommen. Sie steckte eine Kaffeebohne in die glückliche Hosentasche.

Die Sonne schien. Die Vögel zwitscherten. Und die Requisiteure, sie gehörte dazu, dekorierten die Naturbühne. Auf den mit Tannenzweigen bedeckten Baumstumpf stellte ein Bestatter behutsam die dunkelblaue Urne. Elina umrahmte die Urne mit einem schlichten Kranz, den sie aus den Rosen vor der Bücherhöhle geflochten hatte. Auf der niedrigen Staffelei neben dem Stumpf stand das auf eine Leinwand gezogene letzte Foto von Heinrich, das Helene in Warnemünde gemacht hatte. Vor das Foto stellte sie fünf Terrakottatöpfe mit blauen Hornveilchen. Ein Veilchen für Heinrich und die anderen vier für die *Wölffe* seines Rudels.

Bei dieser Inszenierung war sie die Spielleiterin. Als solche konnte man sich nicht hingeben, sondern achtete darauf, ob alles wie geplant ablief.

Reni kam zuerst und umarmte sie. »Du trägst ein weißes Kleid?«, fragte sie erstaunt.

»Als ich mich mit einem schwarzen Kleid im Spiegel betrachtet habe, fiel mir ein, dass Heinrich mich am Heiligabend gefragt hatte: *Du trägst schon schwarz?* Dann habe ich das schwarze Kleid gegen ein weißes getauscht. Nun werde ich der Weißling unter den Schwarzlingen sein.«

»Das wirst du. Wie geht es dir?«

»Es ist noch so irreal, auch wenn er schon richtig weg ist. Ich kann nicht weinen, verstehst du das?«

»Jeder trauert auf seine Weise, deine Tränen brauchen noch Zeit.«

Dann gesellte sich Hannes zu ihnen. Er umarmte erst Elina schweigend.

Und dann Reni. »Du hast noch immer Sommersprossen und rote Haare.«

»Die Sommersprossen sind echt, die Haare sind gefärbt. Und du trägst noch immer die schwarze rechteckige Brille von damals.«

»Nein, das Gestell ist neu. Zugegeben, es ähnelt meiner Schulbrille, ich bin halt nicht modebewusst, sondern eher praktisch veranlagt. Nun, das letzte Mal haben wir uns auf Elinas und Richards Hochzeit gesehen.«

»In der Schule trifft man sich jeden Tag und danach nur noch auf Hochzeiten oder Beerdigungen. Aber da kommt auch schon der abtrünnige Bräutigam.« Reni deutete auf Richard, der Arm in Arm mit Laila näher kam. Sie sahen aus wie ein Liebespaar.

Elina stockte der Atem. Gleich würde eine der grausigen Wilddruden aus *Ronja Räubertochter* durch das Blätterdach stürzen und ihr mit scharfen Krallen das Herz aus der Brust schlagen. Doch dann sah Elina, wie mitgenommen beide aussahen. Sie hätte nicht für möglich gehalten, dass auch Richard um Heinrich trauern würde.

Zuerst begrüßte Laila sie, Reni und Hannes.

Dann gab Richard Elina die Hand.

»Danke, dass du gekommen bist, ich habe gar nicht mit dir gerechnet«, sagte Elina.

»Ich bin nicht der Schurke, für den du mich hältst.« Dann gab Richard Reni die Hand. »Du siehst gut aus.«

»Du nicht«, erwiderte Reni.

Richard zuckte nur die Schultern. Als er auch Hannes die Hand hinhielt, steckte dieser seine demonstrativ in die Hosentasche.

»Wer fehlt denn noch?«, fragte Reni schnell.

»Ein unbekannter Bekannter von Heinrich. Und Helene. Sie bringt noch einen ehemaligen Kollegen mit, der nachher singt und Gitarre spielt.«

Endlich kamen Helene in schwarzem Kostüm und ein Mann in schwarzem Hemd und schwarzer Hose, der einen Gitarrenkoffer trug. Der Mann hatte breite Koteletten.

»Mein Kollege Peter Flohr – meine Tochter Elina Bludau«, stellte Helene sie einander vor.

»Danke, dass Sie den musikalischen Part übernehmen. Haben Sie schon die 47-11-Methode gemacht?«, fragte Elina.

»Wie kommen Sie darauf?«, fragte Peter Flohr.

»Ich denke, die machen Sie manchmal vor oder nach einem Auftritt.«

»Ja, das stimmt, aber woher wissen Sie das?«

»Sie haben mich kürzlich von der Straße am Bahnhof gezogen, als die Ampel rot war.«

»*Sie* waren das?«

»Ja.«

»Daran erinnere ich mich genau. Die Autos ringsum hupten, während Sie auf der Fahrbahn standen und wie betäubt auf die Armbanduhr starrten.«

»Es war siebzehn Uhr neun, als Heinrich gestorben ist.«

Peter Flohr schaute zur Urne. »Ich konnte nicht wissen, dass der eiserne Heinrich Helenes Heinrich ist.«

»Nein.«

»Ich konnte auch nicht wissen, dass Sie Helenes Tochter sind, aber ich hatte ein ungutes Gefühl, als ich Sie allein gelassen habe. Später bin ich noch einmal zurückgekommen, aber da waren Sie schon weg. Was für ein Zufall.«

»Es gibt keine Zufälle«, mischte sich Reni zaghaft ein.

»Entschuldigen Sie bitte.« Er gab Reni die Hand. »Peter Flohr.«

»V-Vera ... Ich meine Verena Conradi.«

»Ein klangvoller Name.« Er lächelte sie an.

»Ein Trauergast fehlt noch. Ich kenne ihn nicht, aber er müsste ein älterer Herr sein«, sagte Elina. »Wenn er Platz genommen hat, können Sie bitte beginnen.«

»Gut. Dann bereite ich mich mal vor.« Er packte die Gitarre aus und ging zum Teich in großem Bogen am Baumstamm vorbei. Dort spielte und sang er sich ein.

»Ich setze mich schon mal hin«, sagte Helene und ging gramgebeugt zur vorderen Bank rechts vom Baumstamm.

Richard und Laila folgten ihr und setzten sich auf die Bank dahinter.

Der Ampelmann war also Helenes jüngerer Kollege und ewiger Junggeselle Peter Flohr, der den Dorfrichter Adam nur mit einer Windel bekleidet und einen orthopädischen schwarzen Schuh tragend spielen musste.

Sie wandte sich an Reni. »Hach, ein Traum in Schwarz. Einen Schauspieler hattest du noch nie.«

»N-nein.«

»Ich muss das jetzt nicht verstehen, oder?«, fragte Hannes.

»Nein.« Elina sah auf die Uhr. »So langsam wird es Zeit. Würdet ihr euch bitte auf die hintere Bank links vom Stumpf setzen, damit die vordere für Heinrichs Bekannten frei bleibt, falls er noch kommt?«

»Ja«, sagte Hannes. »Komm V-Vera ... Ich meine Verena Conradi, wir können auch mal auf einer Bank sitzen.« Er bot Reni den Arm an und sie hakte sich bei ihm unter.

Elina setzte sich zu Helene, die zu frösteln schien, obwohl es heiß war. Elina nahm Helenes Hand, sie war eiskalt. *Ach, man sollte allein sterben, sonst trauert der andere so,* hatte die alte Frau im Rosengarten gesagt.

Elina betrachtete das Foto. *Ich wendete mich jedoch und hob meinen Hut auf und putzte den feinen Sand ab,* hatte Heinrich in das rote Notizbuch geschrieben.

Als sie endlich Schritte hörte, drehte sie sich nicht um,

sondern wartete, bis Krößner in ihr Blickfeld geriet.

Ein Mann im schwarzen Anzug ging zum Baumstamm und verbeugte sich vor der Urne. Dann wandte er sich zu Elina um und nickte ihr zu. Der Mann hatte Tränen in den Augen.

Er hatte recht gehabt, es war kein Kennenlernen, es war ein Wiedersehen.

Nachdem Krößner sich auf die freie Bank gesetzt hatte, trat Peter Flohr neben den Baumstamm und begann, *The Sound of Silence* zu spielen. Er interpretierte das Lied auf seine Weise.

Helene schluchzte ins Taschentuch.

Elina bekam eine Gänsehaut, aber weinen konnte sie noch immer nicht.

Schweigend blieben alle auf den Bänken sitzen, bis der Bestatter nach einigen Minuten die Urne nahm und zur prächtigen Buche schritt.

Alle folgten ihm, auch Peter Flohr.

Während der Bestatter die Urne versenkte, dachte Elina: *Gefällt dir die Buche? Ich habe sie ausgewählt, da Buche und Buch den gleichen Wortstamm haben. Denn du hattest dir ja so sehr gewünscht, dass einmal ein Buch von dir veröffentlicht wird. Ach Heinrich.*

Als Helene mit der Hand voll Erde vor dem Grab stand, dachte Elina, gleich bricht sie zusammen.

Peter Flohr muss das auch gedacht haben, denn er ging zu ihr und nahm sie in den Arm.

Nachdem sich alle von Heinrich verabschiedet hatten, zündete Reni vier Wunderkerzen an und verteilte sie. Nahezu zeitgleich hielten Reni und Hannes und Richard und Elina die Wunderkerzen hoch. Und Elina beneidete die drei anderen Kleeblätter darum, dass sie weinen konnten.

Hinterher streckte Hannes seine Hand aus und Richard nahm sie.

Dann verließen alle das Grab neben der Buche.

»Sie waren im Herbst nicht zufällig in Heinrichs Bücherhöhle geraten«, sagte Elina zu dem hageren Mann mit den grauen Schläfen und den buschigen Brauen.

»Nein. Aber Heinrich hatte nicht gewusst, dass ich komme. Ich wollte ihn überraschen.« Er zog einen Brief aus dem Jackett. »Im Frühjahr dann hat Heinrich mir diesen Brief gegeben, den ich Ihnen, Ihrer Mutter und Ihrer Tochter einen Tag nach seiner Beerdigung im Antiquariat vorlesen soll.« Er reichte ihr den Brief.

Für Helene und Elina und Laila stand auf dem verschlossenen Umschlag. Sie erkannte Heinrichs geschwungene Handschrift und der Umschlag aus Büttenpapier stammte aus seiner Schreibtischschublade.

»Können wir uns morgen um elf dort treffen?«, fragte Krößner.

»Ja. Ich werde auch Helene und Laila dazu bitten.« Sie gab ihm den Brief zurück und verabschiedete sich.

Sie verabschiedete sich auch von Helene und Peter Flohr, Laila und Richard, Reni und Hannes.

Dann ging Elina noch einmal zum Andachtsplatz.

Sie wollte sich bei den Bestattern bedanken und die

Requisiten einsammeln, das Foto und die Hornveilchen und den Rosenkranz.

Unterwegs traf sie einen Forstarbeiter, der eine Schaufel trug.

»Ist Herr Fuhrmann auch da?«, fragte sie ihn.

»Nein. Er ist im Urlaub.«

»Dann rufe ich ihn mal an.« Sie gab ihm einen Zehner. »Danke, dass Sie das Grab schließen.«

Erfreut steckte er das Geld ein.

Irgendwann war Elina allein.

Allein auf einer Bank.

Und es war still.

Nein.

Die Vögel zwitscherten und die Blätter rauschten leise.

Sie schaute auf den Baumstumpf mit den Tannenzweigen. Als ein Eichhörnchen vorüberhuschte, musste Elina an die hölzernen Buchstützen denken.

Am nächsten Tag hängte Elina den Rosenkranz an den Lenker und stellte die Töpfe mit den blauen Hornveilchen in den leeren Gepäckträger.

Im Antiquariat stellte sie zwei Wiener Kaffeehausstühle zu dem Relaxsessel und dem Kontorstuhl. Dann holte sie von oben ein Tablett mit einer Karaffe Wasser und vier Gläsern und setzte es auf dem Schreibtisch ab. Sie nahm auch den Brieföffner aus der Schublade und legte ihn neben das Tablett.

Dann kamen auch schon Helene und Laila. Und nur kurze Zeit später schrillte die Ladenklingel erneut. Nach der Begrüßung bot Elina Krößner den Kontorstuhl an. Helene nahm auf dem Relaxsessel Platz. Und Laila und Elina setzten sich auf die Stühle.

Elina bot Wasser an. Nur Krößner nahm dankend ein Glas. Nachdem er getrunken hatte, stellte er das Glas auf den Schreibtisch und holte Heinrichs Brief aus dem Jackett.

Elina reichte ihm den Brieföffner.

»Danke. Genau wie Sie habe ich keine Ahnung, was darin steht.« Er öffnete das Kuvert und faltete den Brief auseinander. Kurz überflog er ihn und begann dann zu lesen. »*Ihr Lieben, die Vorstellung ist schon seltsam: Wenn Du, Karl, diesen Brief vorliest – gib Dir Mühe, alter Freund –, dann sitzt Ihr ohne mich in meiner Bücherhöhle. Genug geklagt. Meine liebe Elina, als du meinen Roman* Für Marietta *in der Hand hieltest, war ich versucht, mein Geheimnis zu verraten. Aber es war nur ein Moment gewesen, und ich war froh, als er vorüber war. Unerwartet warst dann Du aufgetaucht, Karl, um mir einen Champagner für über eine Million verkaufte Exemplare zu bringen. Schnell war ich zu Dir gegangen und habe gerade noch den Finger auf die Lippen legen können. Dann habe ich Dich gesiezt. Du hast es verstanden und Dich als Kunde ausgegeben. Und wie kurios: Erst habe ich Dir, Elina, Karls und meine Geschichte erzählt, und dann bist Du mit uns beiden in einem Raum gewesen. Den Champagner haben wir übrigens nach dem Baumschmücken am Heiligabend getrunken. Erinnerst Du Dich?*«

»Heinrich ist der geheimnisvolle Italiener? Heinrich war Enrico di Morra?«, fragte Elina. »Wie ist das möglich gewesen?«

Helene und Laila sahen sie erstaunt an.

»*Sicherlich seid Ihr jetzt irritiert, aber das erklärt Euch Karl später*«, las Krößner weiter. »*Nun zu meinem Erbe. Ich habe oft schon gegrübelt, wie ich es aufteilen soll. Die Lösung habe ich gefunden, als ich im Herbst die Kletterrose angehäufelt habe. Es ist übrigens eine* Agatha Christie. *Sie hatte die Rechte an ihren Werken auch einzeln vererbt, sie sollten eine Art Lebensversicherung sein. So hatte ihr Ehemann Max den letzten Miss-Marple-Fall geerbt. Ihre Tochter Rosalind den letzten Poirot-Fall und ihr Enkel Mathew das Theaterstück* Die Mausefalle. *Die Idee gefiel mir so gut, dass ich sie gleich nach dem Anhäufeln umgesetzt habe.*

Elina, entgegen Deinem Rat habe ich die Steuerkartons nicht unbesehen zum Schreddern gebracht. Und das ist auch gut so. Denn in den Kartons befand sich schon Euer Erbe. Bitte Elina, hole die Steuerkartons von 1999 bis 2002 vom Regal herunter und verteile sie. 1999 ist für Karl, 2000 ist für Helene, 2001 ist für Laila und 2002 ist für Dich.«

Elina tat es.

»*So lautet mein letzter Wille wie folgt: Lieber Karl, Du bist ohnehin bestens versorgt, darum bitte ich Dich, mit den Tantiemen für meine Essaysammlung die Alzheimer-Forschung zu unterstützen. Ich bin mir sicher, Du findest ein Projekt oder eine Stiftung.*« Krößner schaute kurz zu Helene. »*Liebe Helene, Dir vererbe ich die Rechte an meiner Erzählung* Wolfsmond. *Der Wolf im Titel war mir immer ein heimliches Vergnügen.*«

»*Wolfsmond*? Das Buch hat er mir mal geschenkt. Allerdings muss ich gestehen, dass ich es nicht gelesen habe, aber ich konnte ja nicht wissen, dass …« Die Stimme versagte ihr.

Krößner nickte Laila zu. »*Liebe Laila, Dir vererbe ich die Rechte an meinem Kurzgeschichtenband* Ohne Rahmen. *Ich wünsche Dir Mut. Wer will, kann!*«

Erstaunt blickte Elina zu Laila. »Was wusste Heinrich, was wir nicht wissen?«

Laila hob kurz die Schultern. »Ihr werdet es erfahren.«

»Entschuldigen Sie bitte, ich habe Sie unterbrochen«, sagte Elina an Krößner gewandt.

»Ist schon gut, ich kann Ihre Verwirrung verstehen«, sagte er. »Es geht mit Ihnen weiter: *Liebe Elina, Dir vererbe ich die Rechte an meinem Roman* Für Marietta. *In den Kartons findet Ihr Eure jeweiligen signierten Bücher und dazu die Originalmanuskripte, in Elinas Karton auch das Manuskript* Für Maria, *das ich in neun fiebrigen Wochen auf der* Erika *getippt habe, wie alle Manuskripte. Ich brauchte das Klackern der Tasten und das Surren, wenn ich den Zeilenschalter betätigte und der Wagen zur nächsten Zeile sprang. Den Laptop hatte ich nur für die Recherchen angeschafft. In den übrigen Kartons befinden sich meine Notizbücher, die ich auch Dir, Elina, sowie mein Haus samt Antiquariat vererbe. Möge es Dir ebenso ein Zufluchts- und Arbeitsort sein – die Bankschulden sind übrigens getilgt. Meine Ersparnisse gehen zu gleichen Teilen an Euch, Helene, Elina und Laila. Ich wünsche mir, dass Ihr mein Erbe ohne Neid und Groll annehmt, und bitte Euch inständig, meine Autorenschaft weiterhin geheim zu halten. In der Hoffnung, dass*

Ihr vier in Freundschaft verbunden bleibt und ich vielleicht immer noch um Euch herum bin, verabschiede ich mich nun. In Liebe, Euer Heinrich.« Krößner ließ den Brief sinken.

Minuten vergingen, ohne dass jemand etwas sagte.

»Aber der Roman ist doch eine Übersetzung aus dem Italienischen!«, brach Elina endlich das Schweigen.

»Ja. *Aus dem Italienischen von Eva Maria Gutzeit*«, antwortete Krößner.

»Warum diese Italiennummer?«, fragte Elina.

»Das war ein *Red Herring*.«

»Ein roter Hering?«, fragte Laila. »Das verstehe ich nicht.«

»So nennt man eine falsche Fährte, die Krimiautoren legen, um den Leser vom Täter abzulenken und somit die Spannung zu steigern«, erklärte Krößner. »Heinrich wollte die Autorenschaft unbedingt geheim halten und vor kriminellen Journalisten schützen, die unerlaubt in Grundbüchern und Finanzamtsunterlagen gründeln, um ein Pseudonym zu lüften. Eva Maria Gutzeit war der Mädchenname meiner Frau, wobei Maria ihr Rufname war. Unter diesem Namen hat Maria als Übersetzerin aus dem Italienischen gearbeitet, solange sie noch arbeiten konnte. Daraus ist die Idee entstanden, die Geschichte in Italien spielen zu lassen. Und ja, sie ist Marietta, so wie ich Carlo bin.« Krößner nahm einen großen Schluck Wasser. »Vieles stimmt im Roman. Allerdings bin ich nicht nach Amerika ausgewandert, sondern mit der S-Bahn über West-Berlin abgehauen. Das war im Juli 1961, kurz vor der Mauer. Meine Geburtsurkunde und das Abitur-Zeugnis hatte ich mir unter der langen Hose in die Strümpfe gesteckt. Meine Mutter hatte mir noch den Familienschmuck in eine Tasche gepackt, die ich etwas abseits unter einem freien Sitz abgestellt hatte. Falls Kontrolle gekommen wäre, hätte ich sie aufgeben müssen. Aber es ging alles glatt. Dann bin ich nach Marienfelde ins Auffanglager gekommen. Dass Maria mir nur wenige Tage später gefolgt war, hatte mich auch überrascht, aber sie hatte sich für mich entschieden. Heinrich wäre ohnehin nicht mitgekommen. Nach allem, was Oma Rosa für ihn getan hatte, hätte er sie niemals verlassen.« Sein Blick verlor sich. »Das war schon eine angstvolle und aufregende Zeit damals. Wir wurden zuerst nach Frankfurt am Main geflogen. Da Maria und ich mit neunzehn zwar im Osten volljährig waren, aber nicht im Westen, wurden wir ins Übergangslager nach Gießen gebracht. Von dort aus ging es nach Adelheide bei Delmenhorst, da unser Ost-Abitur nicht anerkannt wurde.« Sein Blick wurde wieder klar. »Ich schweife ab, aber die Erinnerungen überwältigen mich gerade. Nun, Maria und ich haben später in Hamburg gelebt. Und dort habe ich meinen Verlag gegründet. Den *Krößner Verlag*. Vor Heinrichs Erfolg war er klein und unbedeutend. Das Finanzamt hatte nicht nur einmal angefragt, ob überhaupt eine Gewinnerzielungsabsicht bestünde.«

»Und wie wurde dann *Für Marietta* veröffentlicht?«, fragte Elina.

»Die Schwachstelle war, dass es zuerst einen italienischen Verleger hätte geben müssen. Darum ist das Buch nicht in italienischer Sprache erschienen. Manche Bücher haben sogar anderenorts zuerst Erfolg getreu der Weisheit: *Der Prophet zählt nichts im eigenen Land.* Somit konnten wir die Schwachstelle abdichten.«

»Und wie ist Heinrich auf Enrico di Morra gekommen?«, fragte Elina.

»Nun, *Enrico* ist die italienische Form von Heinrich", sagte Krößner. »Er hatte überlegt, den italienischen Namen für Wolf zu nehmen, *Lupo*, aber das fand er zu offensichtlich. *Volpone*, übersetzt der Silberfuchs oder der schlaue Fuchs oder Schlaumeier, fand er zwar lustig, doch dann sollte ich ihm einfach eine Liste mit italienischen Autorennamen ausdrucken. Mit geschlossenen Augen hat er auf die Liste getippt und war bei *Isabella di Morra* gelandet. Sie war eine adlige Dichterin, die im sechzehnten Jahrhundert im damaligen Königreich Neapel lebte. Ihre neidischen Brüder hatten sie auf einer steilen Klippe über dem Ionischen Meer in der Familienburg eingesperrt. In der dortigen Einsamkeit hatte sie geschrieben. *Na, das passt doch*, hatte Heinrich gesagt. Dass ihr Leben tragisch endete, hatte er ignoriert.«

»Ich weiß nichts von diesem Roman«, sagte Helene. „Aber endlich verstehe ich diese *Fieberwochen*, wie Heinrich sie nannte. Damals dachte ich schon, er hätte mich verlassen, ohne ein Wort. Es war zwar öfter vorgekommen, dass er ein paar Tage fortblieb. Aber damals, das war schon außergewöhnlich gewesen. Manchmal bin ich am Tage zu seinem Haus gegangen. Aber meistens abends im Dunklen. Da war immer ein Lichtschein im hinteren Bereich zu sehen. Und in der Tür hing immer das *Geschlossen*-Schild. An einem Abend dann, ich stand wieder mal unter der Laterne auf der Straßenseite gegenüber, war Heinrich plötzlich hinter der Tür erschienen. Er hatte eine Ewigkeit einfach nur hinausgeschaut. Ich dachte schon, er würde mich erkennen. Aber es war, als schaute er durch mich hindurch ins Nichts. Dann folgten die Abende der Dunkelheit. Irgendwann kam er wieder. Ohne ein Wort der Erklärung. Und ich habe nicht gefragt.«

Elina öffnete ihren Karton. Obenauf lag *Für Maria*. Berührt strich sie über das fleckige und zerfledderte Manuskript. Unter dem Titel klebte ein Schwarz-Weiß-Foto mit umgeknickten Ecken. Zwei junge Männer und eine junge Frau posieren darauf lachend am Strand. Darunter stand: *Warnemünde im Juni 1960*. Der Mann mit den Locken war eindeutig Heinrich.

Sie nahm das Manuskript heraus. Einer Eingebung folgend wendete Elina es. Auf der Rückseite entdeckte sie einen kurzen Text. Es war nicht Heinrichs geschwungene Schrift. Die mit Kugelschreiber geschriebenen Worte waren zusammengesetzt aus krakeligen Buchstaben. Elina las sie vor: »*Ich weiß nicht, wie diese braunen Tierchen heißen, die mit den buschigen Schwänzen, die im Park von Baum zu Baum springen.*«

»Kann ich bitte mal sehen?«, bat Krößner.

Elina gab ihm das Manuskript.

Er strich über den Text. »Aber ja, Marias Schrift ist noch zu erkennen. Wahrscheinlich hat Heinrich ihren Text auch übersehen.« Dann gab er Elina das Manuskript wieder und lehnte sich erschöpft im Kontorstuhl zurück. »Ich weiß, dass Heinrichs letzter Wille Sie im Moment noch überfordert. Und es wird noch einige Zeit dauern, bevor Sie ihn verstehen. Darum lasse ich Sie jetzt allein, aber Sie können mich jederzeit anrufen.« Er holte seine Brieftasche hervor und verteilte Visitenkarten. Dann erhob er sich.

Elina stand ebenfalls auf. »Danke. Ich begleite Sie hinaus.«

Die Ladenklingel schrillte, als Elina ihm die Tür öffnete.

»Nachdem Sie im Herbst gegangen waren«, sagte Krößner, »erzählte Heinrich mir, dass Sie Talent zum Schreiben haben. Also, wenn Sie mal einen ersten Leser suchen, können Sie mich gern fragen.«

»Danke für das Angebot, aber dann müssten Sie hundert Jahre alt werden.«

»Es wäre gut, wenn Sie mich schon fünfzehn Jahre eher fragen würden.« Er wandte sich um und ging.

HERBST 2019

Sie ging durch die Räume, die einmal ihr Zuhause gewesen waren. Was man sich außer Möbeln alles so anschaffte im Laufe der Jahre: Bücher, Bettwäsche, Handtücher, Bilder, Steh-Rumsel wie Figuren, Vasen und Kerzenleuchter. Auch Geschirr und Gläser für jeden Zweck.

Was benötigte man wirklich?

Was hatten Lotte und Hermann 1942 aus dem brennenden Haus geholt? Fotoalben und alte Liebesbriefe? Oder Dinge, die man in der Not brauchte, wie Betten und Kissen und Leinenwäsche? Hatten sie auch alles, was lebt, gerettet? So wie Laila einmal in ihrer Grundschulzeit.

Da Richard als IT-Fachmann Firmen bundesweit betreute, war er oft unterwegs gewesen. Und wenn Laila nachmittags nicht bei Heinrich war, war sie manchmal auch allein zu Hause.

An jenem regnerischen Herbsttag war ihre Freundin Martha da gewesen. Die Mädchen spielten mit Lailas Meerschweinchen, das schwarz-weiße hieß Schweini und das hellbraune hieß Ragnam. Da Elina noch einmal in die Redaktion musste, trichterte sie Laila zum wiederholten Male ein: *Falls es brennt, musst du alles, was lebt, evakuieren, ich meine retten.*

Als Elina nach anderthalb Stunden heimkam, saßen Laila und Martha bibbernd – ohne Jacken und Mützen – auf der Schwelle vor dem Haus und bewachten den Meerschweinkäfig. Und Laila sagte: *Es hat so brennerig gerochen und da haben wir Schweini und Ragnam ewakuriert.* Infolge der *Ewakurierung* blieben beide Mädchen eine Woche lang krank der Schule fern. Und Marthas Eltern hatten verfügt, dass Laila fortan bei ihnen mit Martha spielen dürfe, aber Martha nicht mehr bei Laila und ihrer grob fahrlässigen Mutter.

Die Umzugskartons standen noch gefaltet im Flur. Was nahm sie mit? Was ließ sie hier?

Am kommenden Sonnabend wollten die drei Studenten, sie waren Anfang zwanzig, einziehen und alles übernehmen, was Elina nicht mehr brauchte. Dafür würden sie einen Transporter mieten und Elinas Sachen zur Bücherhöhle fahren. Die Studenten hatten nur darum gebeten, dass sie das Ehebett samt Decken und Kissen und all ihre persönlichen Dinge mitnahm.

Notwendiges aus dem Bad und dem Kleiderschrank hatte Elina schon in Heinrichs Haus gebracht. Dort hatte sie bisher nur sein altes Bett gegen ein neues getauscht. Sie hatte sich ein Einzelbett gekauft. Auch ein neues Kissen und eine neue Bettdecke. Und ganz wichtig: neue Bettwäsche. Sie schlief gut in dem neuen Bett. Ansonsten lebte sie dort noch aus dem Koffer, da sie noch nicht die Kraft hatte, Heinrichs Kleiderschränke zu öffnen. Und das würde wohl auch noch eine Weile dauern, bis sie seine Sachen weggeben konnte. Aber sie fühlte sich wohl in seinem Haus, obwohl sie Heinrich vermisste.

Es war gut, diese Wohnung samt Einrichtung abzugeben, denn Richard war noch in allen Dingen.

Richard.

Richard Bludau.

Sein Name hatte immer wohl in ihr geklungen, der Hall hatte sie verzaubert.

Wichtige Dokumente, die sie noch von ihm gefunden hatte, hatte sie auch in den braunen Koffer gepackt. Auch das Hochzeitsfoto mit dem Ehering. Ihr Brautkleid hatte sie ihm auch eingepackt. Das blaue Taftkleid mit den schmalen Trägern, dem geschnürten Mieder und dem bauschigen langen Rock füllte den roten Rollkoffer aus.

Die beiden Koffer stellte sie vorerst in der Küche ab. Dort nahm sie die Rolle mit den großen Müllsäcken aus dem Schrank und Richards Werkzeugkiste und trug beides ins Schlafzimmer.

Die alten Decken und Kissen samt Bettwäsche und Laken stopfte sie in die Säcke. Dann wuchtete sie die Matratzen aus dem Bett.

Als sie überlegte, gleich die Axt zu nehmen, um das Bett zu zerhacken, klingelte es.

Wer konnte das sein? Sie erwartete niemanden.

Sie ging zur Tür und öffnete. Ihre Züge entgleisten, als sie Richard erblickte.

Er sah elend aus.

»Du?«

»Ja, ich. Darf ich reinkommen?«

»Ja.«

Verlegen trat er ein.

Sie schloss die Tür hinter ihm.

»Weißt du schon, dass Benita und Bela sich ineinander verliebt haben?«

»Nein«, sagte Elina überrascht. »Deine Freundin hat sich in den Freund unserer Tochter verliebt?« Sie musste lachen. Dabei hätte sie nie geglaubt, jemals wieder in Richards Gegenwart lachen zu können. Aber nun wusste sie, warum Laila in der letzten Zeit so wortkarg gewesen war.

»Ja, lach du nur. Wir waren im Sommer zusammen im Blauen Esel essen gewesen.«

Das Restaurant war im Februar eröffnet worden und Elina hatte einen Artikel darüber geschrieben. Die Betreiber hatten ihr erzählt, dass die Bomben im April 1942 das schmale Bürgerhaus in der Eselföter Straße zum Glück *nicht* getroffen hatten, dafür fast alle Häuser auf der gegenüberliegenden Straßenseite.

»Elina? Hörst du mir überhaupt zu?«

»Ja, natürlich.«

»Noch einmal: Laila und Bela und Benita und ich waren im Blauen Esel essen gewesen. Das Problem war: Ich war *blau* und ich war der *Esel*, denn ich habe es zu ignorieren versucht, wie angeregt Benita und Bela sich unterhalten haben. Nicht lange danach sagte Benita, sie habe es nicht gewollt, aber sie hat sich in Bela verliebt. Und er in sie. Ob ich denn ausziehen könne.«

»Das tut mir leid.« Elina riss sich zusammen. »Für Laila.«

Nun spürte Richard den Schmerz, weil ein anderer eine Entscheidung getroffen hatte.

»Vielleicht war Benita zu jung für dich. Und Bela zu alt für Laila. Vielleicht seid ihr in verschiedenen Lebenszyklen. Benita und Bela sind im Zyklus *Nestbau und Brutpflege*. Ob du noch ein Kind willst, weiß ich nicht. Vielleicht ist die Zeit der umgekippten Kakaobecher und der durchwachten Nächte für dich vorbei. Und Laila probiert sich noch aus.«

»Du könntest recht haben.«

»Moment mal! Du hast gesagt, es war im Sommer?«

»Ja.«

»Also bevor Heinrich gestorben ist?«

»Ja.«

»Dann habt ihr, also du und Laila, im Friedwald nicht um Heinrich getrauert, sondern um Benita und Bela?«

»Wir haben auch um Heinrich getrauert, aber wir waren angeschlagen, ja.«

»Als du Arm in Arm mit Laila ankamst, habe ich gedacht, du hältst sie fest. Dabei hast du dich an ihr festgehalten. Und Reni und Hannes wieder sehen zu müssen, hat dir auch Unbehagen bereitet.«

»Um ehrlich zu sein, ja.« Er seufzte. »Eine Zeit lang habe ich bei einem Kollegen gewohnt, dann habe ich mir eine Pension gesucht. In der Einsamkeit ist mir bewusst geworden, was ich an dir verloren habe.« Er räusperte sich mehrmals. »Elina, könntest du dir vorstellen, wieder mit mir zu leben?

Wir könnten eine andere Wohnung mieten und noch einmal anfangen. Was meinst du?«

Wann immer sie abends die brennende Kerze ins Fenster gestellt hatte, hatte sie sich vorgestellt, wie es wäre, wenn er zurückkäme. Sie hatte sich verschiedene Szenarien ausgemalt, in denen sie am Ende immer Ja gesagt hatte. Dieses Szenario war nicht dabei gewesen.

»Du hast Leben A aufgegeben, um Leben B zu probieren. Und nachdem du Leben B verloren hast, willst du herausfinden, wie Leben A weitergeht?«

»Ja.«

»Nein, Richard. Leider bleibt dir nur Leben C.«

»Ich habe dich verletzt.«

»Ich war so krank, dass ich eine Zeit lang nicht arbeiten konnte. Darum hatte Hannes dir im Friedwald anfänglich die Hand verweigert. Aber inzwischen bin ich genesen. Und wo du schon mal da bist: Kannst du mir bitte helfen, unser Bett auseinanderzubauen und runterzutragen? Morgen wird Sperrmüll abgefahren.«

»Ja.« Er ging ins Schlafzimmer und baute schweigend das Bett auseinander.

Dann trugen sie die Matratzen, die Lattenroste, die zerlegten Bretter und die Säcke mit den Kissen und Decken hinunter.

Am Ende standen sie nebeneinander vor dem Sperrmüllhaufen.

Wie lange würde das Schreddern dauern? *Ritsch ratsch!* Drei Minuten?

»Warte bitte kurz, ich muss dir noch was geben.« Elina ging noch einmal nach oben und hob die beiden Koffer an, den braunen und den roten. Sie hielt kurz inne, dann stellte sie den roten wieder ab und trug nur den braunen hinunter.

»Du hast jetzt keinen Koffer mehr bei mir.« Sie gab ihm den Koffer und steckte die Hände in die Hosentaschen und fühlte die zehn Kaffeebohnen.

»Na, dann«, sagte Richard.

»Na, dann«, sagte Elina.

Richard ging, ohne sich noch einmal umzublicken.

Richard Bludau.

Der Name hallte nicht mehr nach, er hatte seinen Klang verloren.

Was am Ende bleibt? Ein zerlegtes Bett.

Und dann warf sie alle Kaffeebohnen auf die Bretter, so dass es prasselte.

Sie tippte ihren letzten Beitrag für die *Rostocker Rundschau*. Sie schrieb über die Unbekannten, die in Dresdens Grünes Gewölbe gedrungen waren und Juwelengarnituren von unschätzbarem Wert entwendet hatten. Wie war das möglich gewesen?

Ab und an blickte sie zu Arne hinüber, der in Gedanken versunken einen Bleistift klein spitzte.

»Ich habe nicht gewusst, dass Bleistiftanspitzen eine so selig machende Tätigkeit ist«, sagte sie, als nur noch der Stummel übrig war.

Arne warf den Stummel in den Papierkorb. »Mein Freund hat mich verlassen.«

Spieglein, Spieglein an der Wand, wer hat die traurigsten Augen im Land, dachte sie.

»Danke, dass du das nicht kommentierst.«

Nachdem Elina den Beitrag beendet hatte, überflog sie ihn noch einmal. Sie war zufrieden. Hannes würde es hoffentlich auch sein. Sie fuhr den Rechner runter und packte ihr Notizbuch ein. Ihre anderen Notizbücher lagen schon in einem Umzugskarton. Vielleicht brauchte sie die Notizbücher noch einmal.

Oft hatte sie in Filmen gesehen, wie jemand private Dinge in einen Karton packte und damit den Arbeitsplatz verließ. Sie brauchte keinen Karton, da sie nichts Privates in oder auf dem Schreibtisch hatte. Sie ordnete nur die Utensilien.

Danach holte sie zehn Bohnen aus der Kaffeeküche und bat Arne, die Hand aufzuhalten.

Er tat es, wenn auch zögerlich, und Elina zählte ihm die Bohnen hinein.

»Was soll ich mit den Bohnen machen?«

»Ist für das Ritual.«

»Für welches Ritual?«

»Traurige Menschen sollen sich zehn Kaffeebohnen in eine Hosentasche stecken, in die unglückliche Hosentasche sozusagen.

Und immer, wenn der traurige Mensch einen guten Moment hat, soll er eine Bohne in die glückliche Hosentasche stecken. Am Abend holt er dann die Bohnen aus der glücklichen Hosentasche und lässt die guten Momente noch einmal Revue passieren. Auf diese Weise findet der Traurige langsam ins Leben zurück. Ist so!«

Arne nickte stumm.

Elina schulterte den Rucksack und verabschiedete sich auch von den anderen Kollegen. Sie hatte Hannes darum gebeten, ohne Sektempfang und Dankesrede gehen zu können.

Ihr letzter Gang führte zum Glaskasten, und sie ging ihn schweren Herzens.

»Elina Heiden, für dich ist Redaktionsschluss und ich lasse dich nur ungern ziehen, aber ich weiß, dass ich dich nicht aufhalten darf.« Hannes schob die Brille mit dem Mittelfinger hoch.

Elina schluckte nur.

»Und was machst du nun mit all der freien Zeit?«

»Zuerst muss ich mein Leben aufräumen und dann das von Heinrich.«

»Brauchst du Hilfe beim Umzug?«

»Nein. Aber würdest du bitte am 23. Dezember abends kurz in die Bücherhöhle kommen und mir bei etwas helfen, das ich nicht allein schaffe?«

»Ja.« Hannes griff in die Hosentasche. »Halte mal deine Hand auf.«

»Falls du mir zehn Kaffeebohnen geben willst, ich habe gerade welche verschenkt.« Sie hielt ihm die Hand dennoch hin.

Behutsam legte er den goldenen Meditationsfrosch hinein und schloss ihre Hand darüber.

»Aber den hast du doch von Flora geschenkt bekommen!«

»Flora ist wieder guten Mutes, denn die Ärzte haben gesagt, *Mephisto* sei erst einmal besiegt.«

»Deine Blume welkt nicht. Wie gut!« Elina öffnete die Hand und betrachtete den goldenen Frosch. »Was passiert, wenn ich ihn aus allen Kräften wider die Wand werfe?«

»Er bricht entzwei.«

»Dass du immer so pragmatisch sein musst.«

»Er soll dich immer daran erinnern, gelassen zu sein, falls du so erfolgreich wie Enrico di Morra sein möchtest.« Er schmunzelte.

Heinrichs Geheimnis hatte sie nur Hannes anvertraut und bei ihm war es sicher. Hoffentlich hielten Helene und Laila auch dicht.

Sie steckte den Froschkönig in die Hosentasche und strich Hannes zum Abschied über die blasse Dynamitnarbe auf seiner Wange. »Warum haben wir dich damals eigentlich nicht Dynamit-Hannes genannt?«

»Warum? Ihr hattet euch seit Langem auf Brillen-Hannes festgelegt, dabei hätte mir *Dynamit-Hannes* besser gefallen.«

WINTER 2019

Weihnachtslieder schallten aus den Lautsprechern, als Elina den Supermarkt betrat. In einem Gestell hingen mehrere schwarze Eimer, die mit Rosensträußen gefüllt waren. Darin waren gemischte Sträuße, aber auch einfarbige in Gelb, Weiß und Rot. Die roten Rosen in dem einen Eimer sahen besonders prächtig aus. Der erste Heiligabend ohne Heinrich stand bevor. Darum entschied sie sich für einen Strauß weißer Rosen und legte ihn in den Wagen.

Die Rouladen und den Speck hatte sie bereits beim Fleischer gekauft. Auf ihrem Zettel standen noch Zwiebeln, Senf, Schmalz, saure Gurken, Rotkohl im Glas, grüne Klöße, frische Eier, Zucker, saure Sahne, Schlagsahne und Gelatine. Vor der Kasse glich sie noch einmal den Einkauf mit dem Zettel ab. Sie hatte alles, was sie noch für die Rouladen, den Rotkohl und die Zitronenspeise brauchte.

Zitronenspeise?

Sie hatte die Zitrone vergessen!

Sie schob den Wagen zurück zur Obst- und Gemüseabteilung. In einem Fach lagen Hokkaidos. Prompt fiel ihr das Gespräch mit Reni in der Weinbar wieder ein. Nachdem sie gesagt hatte, dass sie sich nicht mehr für Männer interessiere, hatte Reni geantwortet: *Man sollte nie* nie *sagen.* Und Dr. Frahm hat sich noch einmal verliebt, obwohl er es nicht mehr für möglich gehalten hatte.

Elina legte spaßeshalber einen Hokkaido in den Wagen.

Sie schaute nach links.

Da war niemand.

Sie schaute nach rechts.

Da war auch niemand.

Der Ritter in scheppernder Rüstung mit geschlossenem Visier käme bestimmt, um den gleich aus dem Wagen fliegenden Kürbis behände aufzufangen. Wenn sie sein Visier aufklappte, würde Matti Sander sie anlächeln. Galant würde er sie auf ein Wasser mit Wein einladen und keine Hexe würde den jüngeren Mann plagen, der –

»Pardon!«, sagte der Mann, der sie soeben angerempelt hatte. Er war in den Sechzigern und trug einen Parka und eine blaue Dockermütze. In den Armen hielt er den schwarzen Eimer mit den prächtigen roten Rosen.

Elina musste laut lachen.

»Geht es Ihnen nicht gut?«, fragte der Dockermützenmann besorgt.

»Ich bin nicht das Leben«, sagte sie noch immer lachend. »Aber Sie sind das Leben. Sie haben so glückliche Augen. An Ihren Augen sieht man, dass Sie eine heile Familie haben.«

»Kennen wir uns?«, fragte er irritiert.

»Nein«, sagte Elina um Ernsthaftigkeit bemüht. »Entschuldigen Sie bitte, aber ich lache nicht über Sie, sondern über mich.«

Ungläubig schüttelte der Dockermützenmann den Kopf. Dann trug er den Roseneimer zur Kasse.

Und ich habe immer gedacht, als das Glück verteilt wurde, hast du vorn gestanden, hatte Reni gesagt.

Nein, als das Glück verteilt wurde, hatte sie hinten gestanden. Vorn hatte sie gestanden, als die Einfalt verteilt wurde. Elina lachte noch immer.

Du hast Fantasie, du solltest einen Roman schreiben, hatte Reni auch gesagt.

Elina legte den Kürbis zurück und suchte eine schöne unbehandelte Zitrone aus. Dann schob sie den Wagen zur Kasse. Sie musste sich beeilen, denn sie war ja noch mit Hannes verabredet.

Elina schaute auf die Uhr: Punkt zehn. Heinrichs und ihre stille Zeit hat begonnen.

Gestern Abend hatte Hannes ihr beim Aufstellen des Tannenbaumes geholfen. Sie hatten das Netz entfernt und den Baum gewässert. Danach waren sie in dem alten Sofa versunken. Wie in ihrer Schulzeit. Hannes hatte ihr Grüße von Flora ausgerichtet und gesagt, wie sehr er sie in der Redaktion vermisste. Sogar Arne hatte schon nach ihr gefragt. Nachdem Hannes gegangen war, hatte sie die Rouladen und den Rotkohl nach Oma Rosas Rezepten gekocht und die Zitronenspeise zubereitet. Die Speise stand im Kühlschrank neben den Packungen mit den grünen Klößen. Sie hatte auch den Tisch mit dem Meissener Porzellan gedeckt und mit dem weißen Rosenstrauß geschmückt, arrangiert in der Sauciere. Sie brauchte später nur die Klöße zu kochen, die Rouladen und den Rotkohl aufzuwärmen: *Wofür sie besonders schwärmt, wenn er wieder aufgewärmt.* Ach ja, und die Sahne für die Zitronenspeise musste sie auch noch schlagen.

Alle Jahre wieder.

Ach *Heinrich, der Wagen bricht!*

Sie holte die Rosenschere und schnitt die unteren Äste ab und legte sie um den Tannenbaumfuß. Dann ging sie in die Abstellkammer, legte eine Packung Baumkerzen auf den grünen Karton mit dem Baumschmuck und trug ihn ins Wohnzimmer.

Sie schmückte – notgedrungen – schweigend den Baum mit den Kerzenhaltern, den Glaskugeln in Grün, Blau, Rot, Orange und Gelb und dem bunt bemalten Holzschmuck. Am Ende war nur noch der Strohstern übrig, den Heinrich mit Oma Rosa gebastelt hatte. Den Stern hängte Elina wie immer gut sichtbar an einen Ast vorn in die Mitte. Sie hielt kurz inne. Vor einem Jahr hatte Heinrich so seltsam dreingeschaut. Hatte er womöglich eine Ahnung gehabt?

Sie brachte den leeren Karton zurück in die Abstellkammer.

Aber was war das?

Beim Hochnehmen des grünen Kartons hatte sie den flachen, stabilen Karton darunter übersehen. *Für Elina* stand darauf. Sie tauschte die Kartons und setzte sich auf das Sofa.

Im Für-Elina-Karton fand sie einen Packen Papier mit Heftstreifen gebunden. Auf dem Packen lag Oma Rosas Kette mit dem goldenen Medaillon und der goldenen Taschenuhr. Sie nahm die Schmuckstücke heraus, deren Gold angelaufen war. Das Medaillon mit der Perle und die Taschenuhr waren Heinrichs Erinnerungsstücke an die Menschen gewesen, die er nie kennengelernt hatte. Seine Mutter Lotte, seinen Vater Hermann und seinen Großvater Heinrich. Die Taschenuhr zeigte neun Uhr drei an. Auf der Rückseite waren die Initialen *H. W.* eingraviert. Heinrich Wolff war am 28. Mai 1942 vor Nikolskoje in Russland gefallen. Um neun Uhr drei.

Dann klappte sie das goldene Medaillon mit der Perle auf und entdeckte die kleinen Schwarz-Weiß-Porträts auf beiden Seiten: Lotte mit Myrtenkranz und Schleier auf den lockigen Haaren. *Wer Myrte baut, wird selten Braut*, sagt der Volksmund. Und Hermann mit einem Zylinder auf den vermutlich frisch geschnittenen Haaren.

Sie lächelten.

Noch.

Elina klappte das Medaillon zu, damit es war, als küssten sich die Brautleute. Sie hängte sich die Kette um und nahm den gebundenen Packen aus dem Karton. *Für Elina* war mit Maschine auf die Titelseite getippt. Darunter klebte ein Schwarz-Weiß-Foto, das Heinrich und sie beim Baumschmücken zeigte. *Weihnachten 1979* stand darunter. Es war ihr erster gemeinsamer Baum gewesen. Das Foto hatte Helene aufgenommen. Elina konnte sich noch gut an den kratzigen weißen

Pullover erinnern, den Helene selbst gestrickt hatte. Auch den karierten Trägerrock hatte Helene genäht. Sie schlug das Manuskript auf, *im Januar 2019* stand da, und darunter: *Worte zuvor.*

Meine liebe Elina,
hoffentlich stinkt das Papier nicht nach knapp elf Monaten in der Abstellkammer – Umtausch leider ausgeschlossen. Aber am heutigen Heiligabend wollte ich auch in unserer stillen Zeit wieder bei Dir sein. Und ich hoffe, Du hast den Karton nicht schon vorher gefunden.
Als ich vor einem Jahr in Anlehnung an das Rilke-Gedicht sagte: Ich lebe mein Leben in wechselnden Weihnachtsbäumen, *da überkam mich plötzlich eine Ahnung, dass dieser Baum der letzte sein würde, den ich mit Dir schmücken durfte. Zum Arzt werde ich nicht gehen. Lieber habe ich noch fünfzig gute Tage als hundert schlechte. Mein Sterbchen, früher oder später, zwingt mich dazu, meine Angelegenheiten zu ordnen. Mein Testament habe ich bereits geschrieben, ich muss es nur noch Karl geben.*
Wahrscheinlich warst du überrascht, als du erfuhrst, dass ich *Enrico di Morra gewesen bin. Wie Du weißt, hatte ich schon so viele Ablehnungsschreiben von Verlagen erhalten, dass es mir längst egal war, ob eines meiner Werke doch noch veröffentlicht wird. Auch war ich es gewohnt, im Verborgenen zu schreiben, und so sollte es auch bleiben. Der Erfolg von* Für Marietta *war ja nicht vorhersehbar*

gewesen und hat sowohl Karl als auch mich überrascht. Aber ich habe einen Freund gehabt, einen, den ich nicht einmal kannte. Karl hat das Buch auch ins Englische übersetzen lassen und einem befreundeten Verleger in New York angeboten. Der machte das Buch dort. Und der bekannte amerikanische Kritiker Jacob Stone veröffentlichte eine lobende Rezension in der New York Times. *Der Erfolg ging erstaunlicherweise von Amerika aus.*

Was die Perle auf dem Medaillon betrifft: Immer, wenn ich gelitten habe, habe ich das Medaillon in die Hand genommen und über die Perle gestrichen. Hoffentlich habe ich dabei die Perlmutterschicht nicht wieder abgerieben. Eine Perle entsteht ja erst, wenn die Muschel verletzt worden ist und ein Fremdkörper, ein Sandkorn oft, eindringen konnte. Manchmal dauert es auch bei uns zehn bis fünfzehn Jahre, bis der Eindringling in unserer Seele mit Perlmutterschichten bedeckt worden ist.

Du bist immer noch traurig wegen Richard. Es tat mir immer weh, Dich so zu sehen in Deiner Traurigkeit. Nun hoffe ich, dass die Perlmutterschicht, die sich schon um Richard gelegt hat, immer dicker wird, so dass Du Der Tote im Meer *nicht mehr zu schreiben brauchst.*

Nachdem ich Für Marietta *beendet hatte, dachte ich, nun schreibe ich* Für Elina. *Das Manuskript ist nicht in fiebrigen Wochen entstanden, sondern langsam gewachsen. Es gibt nur ein Exemplar. Und es ist nur für Dich bestimmt.*

Die Erinnerungen an Dich habe ich natürlich aus meiner

Sicht geschildert. Deine Erinnerungen können ganz andere sein. Dass du an unserem letzten Heiligabend wieder nach dem Medaillon und der Taschenuhr gefragt hast, bestätigt mich, dass es gut war, meine Geschichte für Dich aufzuschreiben.

Falls Du interessante Details findest, die Du für Deine Texte verwenden möchtest, dann tue es. Du schreibst schon so lange. Hab einfach Vertrauen in Deine Arbeitsweise. Wenn Du zehn Autoren nach ihrer Vorgehensweise befragen würdest, würdest Du vermutlich zehn verschiedene Antworten erhalten. Jeder Autor findet die Methode, die für ihn am besten funktioniert. Ich, zum Beispiel, habe immer nach dem von mir benannten 3-S-System gearbeitet: sammeln, sortieren, schreiben. Aber Deine Herangehensweise kann eine ganz andere sein. Schreibe einfach jeden Einfall auf. Das Wort Einfall bedeutet: Es fällt einem ein. Das ist ein passiver Vorgang. Auch wenn ein Einfall nicht überzeugt, bringt dieser Einfall weitere, bessere, manchmal geniale Einfälle hervor. Das Geheimnis des Schreibens besteht darin, dass erst dem Fluss des Schreibens die Gedanken entspringen. Gehe spielerisch ans Werk. Mein letzter Rat ist: Schreibe, was Dir *Freude bereitet und nicht, was* andere *von Dir erwarten.*

Jeder Anfang, bis ich an den Rand des Strudels gekommen war, war immer mühsam für mich, aber auch voller Überraschungen, was das Unbewusste so ans Ufer gespült hat. Spaß machte es erst, wenn ich endlich in *den Strudel geraten war und die Muster im Text erkannte, wenn die*

Komposition endlich einen Sinn ergab. Wenn ich auch die Verbindungen mit meinen anderen Texten erkannte, manche Sätze und Elemente erneut einfügte. Vielleicht schreibt einmal jemand seine Dissertation zum Thema: Die Eigenplagiate im Werk des Enrico di Morra. *Das wäre ein Fest. Eines, das ich jedoch nicht mehr erleben werde. Doch Spaß beiseite.*

Im Augenblick habe ich eine Vision: Du sitzt allein auf dem Sofa und betrachtest andächtig den geschmückten Baum. Hast du Oma Rosas Strohstern wie immer zuletzt an den Baum gehängt, gut sichtbar: vorn in die Mitte?

Ja, das hast Du, ich weiß es.

Danke!

Ewig

Dein Heinrich

Als die Ladenklingel schrillte, legte Elina das Manuskript wieder in den Karton und schob ihn unter das Sofa. Entschlossen ging sie Helene und Laila entgegen, die auf dem Treppenabsatz erschienen und statt ihnen aus den Mänteln zu helfen, zog sie ihren an. »Ihr braucht gar nicht erst abzulegen. Ich habe eine gute Idee.«

Helene und Laila sahen sie fragend an.

Als Helene neugierig Elinas Kette mit dem Medaillon und der Taschenuhr betrachtete, steckte Elina die beiden Schmuckstücke in den Ausschnitt des Pullovers.

»Was versteckst du da?«, fragte Helene argwöhnisch.

»Ach, das war noch ein Geschenk von Heinrich.«

»Ihr hattet schon immer eure kleinen Geheimnisse. Ich glaube, Heinrich hat dich mehr geliebt als mich.«

»Nein, hat er nicht. Er hat dich nur anders geliebt als Laila und mich. Wartet bitte kurz.« Elina holte die Rosenschere und ging zielstrebig zum Tannenbaum. Als sie den Zweig mit dem Strohstern abschnitt, schrien Helene und Laila angstvoll auf.

»*Wiesu tut sie su? Wiesu denn bluß?*«, fragte Laila.

»*Wiesu denn bluß?* Bitte kommt einfach mit.« Sie nahm noch den Rucksack mit. Darin steckte der Autoschlüssel.

Elina steckte den Zweig mit dem Strohstern in die Erde vor Heinrichs Buche und legte die Hand auf den Busen, so dass sie das Medaillon und die Taschenuhr spüren konnte. »Du bist immer noch um uns herum«, sagte sie.

Helene und Laila schauten sie irritiert an, sagten aber nichts.

»*Der Tod trennt, der Tod vereint*«, sagte Helene nach einer Weile. »Karl Krößner hat mir einen Brief zu Weihnachten geschrieben. Er hat mir eine Übernachtung im Hotel Atlantic und eine Karte für das Silvesterkonzert in der Elbphilharmonie geschenkt, für eine halbszenische Aufführung von *My Fair Lady*.«

»Na super, dann kannst du um Mitternacht in der Atlantic Bar noch einen Eierlikör mit Udo Lindenberg schlürfen.«

Laila lachte. Sie verstummte aber, als sie merkte, dass Helene nicht zum Lachen zu Mute war.

»Laila, vor genau einem Jahr hast du mich nach meiner Traumrolle gefragt. Erinnerst du dich?«

»Ja. Du konntest noch nicht darüber sprechen.«

»Genau. Meine Traumrolle war die Eliza Doolittle in *My Fair Lady*«, sagte Helene. »Cornelius, er war meine große Liebe gewesen, spielte den bärbeißigen Sprachforscher Professor Higgins, er war ja siebzehn Jahre älter als ich, und ich spielte das freche Blumenmädchen. Endlich, mit Anfang dreißig konnte ich doch noch meine Traumrolle spielen, sogar glaubhaft spielen, denn damals war ich noch so grazil wie du, Laila.« Helene lachte kurz auf. »Cornelius war privat immer schüchtern und zurückhaltend gewesen, aber er hatte eine unglaubliche Bühnenpräsenz. Man musste einfach zu ihm schauen, auch wenn er gerade keinen Text hatte. *Eliza – wo zum Teufel sind meine Pantoffeln?*, war sein letzter Satz gewesen, der letzte Satz des Musicals. Dabei stand er allein auf der Bühne, während wir anderen bereits in den Gassen auf den Schlussapplaus warteten. Mitunter improvisierte Cornelius beim letzten Satz. Manchmal ließ er sich in den Sessel fallen. Manchmal raufte er sich nur die Haare. Manchmal ...« Helene hielt kurz inne, geplagt von der Erinnerung. »Aber an diesem Abend sackte er auf der Bühne zusammen. Das Publikum jubelte, als der Vorhang fiel. Und ich weiß noch, dass ich dachte: *Dieses Mal übertreibt er maßlos*. Die Kollegen dachten auch, er scherzte mal wieder, als er danach nicht aufstand. Für Cornelius Heiden aber war der letzte Vorhang gefallen, denn er hatte einen Herzinfarkt erlitten. Mit nur neunundvierzig Jahren. An diesem Abend ging der Vorhang nicht wieder auf.«

»Da war er so alt wie ich jetzt«, sagte Elina nach einer Weile. »Warum hast du mir das nie erzählt?«

»Es tut mir leid. Ich kenne Schauspieler, die sich wünschen, auf der Bühne zu sterben, aber nur wenigen ist ein solch dramatischer Abgang beschert. Und für die Kollegen ist er traumatisch. Dieses Trauma habe ich all die Jahre verdrängt. Aber Verdrängung hilft nicht, das Ereignis erlebe ich immer wieder in meinen Träumen.« Sie schaute Elina an. »Ich möchte jetzt gern zu mir nach Hause. Würdest du mich bitte fahren?«

»Ja.«

Die Heimfahrt über schwiegen sie. Helene auf dem Beifahrersitz und Laila hinten rechts. Schließlich hielt Elina vor Helenes Haus. Da Helene und Laila sich nicht regten, stellte sie den Motor ab.

Der Ton eines Sonars zerriss die Stille, Laila hatte eine SMS empfangen.

Elina sah im Rückspiegel, wie Laila strahlte, als sie die Nachricht las.

»Wie heißt er denn? Der Neue?«, fragte Elina in den Rückspiegel blickend.

»Milo, aber seine Kommilitonen nennen ihn nur Milowitsch. Er studiert Schauspiel an der HMT. Ich habe ihn beim Vorsprechen kennengelernt, in der ersten Runde Ende November.« Ihr Mund lief über, als hätte sie nur auf diese Frage gewartet.

»Du hast an der Hochschule für Musik und Theater vorgesprochen?« Helene wandte sich verwundert zu Laila um.

»Ja.«

»Warum hast du mir das nicht erzählt?«

»Ich hatte Angst, nicht gut genug zu sein.«

»Und wie war das Vorsprechen?« Elina wandte sich ebenfalls um.

»Zwei Dozenten, ein Mann und eine Frau, haben die Prüfung abgenommen. Auch einige Studenten waren anwesend. Ich war die letzte Bewerberin an diesem Tag und ziemlich eingeschüchtert von den Leistungen der anderen. Die wirkten schon so professionell. Von den zwei Rollen, die wir vorbereitet hatten, sollten wir mit der beginnen, in der wir uns am wohlsten fühlen. Das war mein Dialog aus der *Dreigroschenoper*. Mit einem Herrenhut wollte ich Macheath sein und ohne Hut Polly. Aber dann stand ich zitternd und stumm da und knetete den Hut, denn ich hatte meinen Text vergessen. Die Dozentin bat einen großen blonden Studenten, sich um mich zu kümmern. Der zog mich hinaus auf den Flur, nahm mich in den Arm und tröstete mich: *Wir sind alle beim ersten Mal durchgefallen!* Ich verliebte mich in ihn und als das Zittern aufhörte, ging ich wieder rein und lieferte meinen Dialog ab. Ich dachte schon, ich sei durchgefallen, aber dann sagte der Dozent, ich sei so herrlich naiv, dass er mich in der zweiten Runde im Januar sehen möchte. Dafür solle ich aber besser Monologe vorbereiten.«

Und ich dachte, Laila hätte das Schauspiel-Gen deiner Eltern geerbt, hatte Reni gesagt.

»Mal angenommen, du überzeugst auch in der zweiten Runde. Und dann?«, fragte Elina.

»Dann kommt die dritte und schwierigste Runde Anfang Februar. Sie erstreckt sich über zwei Tage, jeweils von zehn bis achtzehn Uhr. Milowitsch hat mir erzählt, dass der zweite Tag bei ihm bis Mitternacht dauerte und er sein Ja erst um zwei Uhr morgens bekommen hatte unter dem Jubel der anwesenden Studenten. Und dann hat er im April angefangen zu studieren. Es gibt nur ein Studienjahr, beginnend mit dem Sommersemester.«

»Ach Laila«, sagte Helene. »Wenn es dein Traum ist, Schauspielerin zu werden, Moddermatsch hin oder her, so möge er in Erfüllung gehen. Falls ich dir helfen kann, kannst du mich jederzeit fragen.«

»Danke, aber Milowitsch hat schon angeboten, mir zu helfen.«

»Und wie kurios, die Polly habe ich auch mal gespielt. Ich drücke dir die Daumen.« Helene wandte sich an Elina. »Danke.« Dann stieg sie aus.

»Soll ich dich irgendwohin fahren?«, fragte Elina.

»Nein, brauchst du nicht. Milowitsch wohnt in der Nähe.« Laila umarmte Elina flüchtig und weg war sie.

Elina fühlte sich einsam. Sie wählte Renis Nummer.

»The person you have called ist temporarily not available«, hörte sie eine Frauenstimme sagen.

Enttäuscht fuhr Elina nach Hause.

Dort startete sie sogleich den Laptop und rief einen Favoriten auf. Sie brauchte unbedingt einen großartigen Moment und ließ sich von Aljona Savchenko und Bruno Massot verzaubern. Als Kind hatte sie oft Schallplatten aufgelegt und war im seidenen Unterhemd von Helene immer solange durch die Wohnung gehopst, bis die Nachbarn unter ihnen klingelten. Eiskunstlaufprinzessin war auch eine Option gewesen.

Als die Glocken der Petrikirche das erste Mal zum Gottesdienst am zweiten Feiertag gerufen hatten, war Elina hinunter in die Bücherhöhle gegangen.

Diverse unausgepackte Umzugskartons säumten sich noch durch die Regalreihen. Weiter umgesehen hatte sie sich hier bislang nicht. Darum war sie etliche Male auf die Leiter gestiegen, um die Steuerkartons oben vom Regal zu holen. Sie hatte erst einmal nur flüchtig hineingeschaut. Sie waren voll mit all den verschiedenen Notizbüchern, in denen auch kleine Zeichnungen zu finden waren. Was für ein riesiger Fundus sich ihr da auftat.

Und dann hatte sie ja auch noch das Manuskript *Für Elina*. Aber das musste sie in Ruhe lesen. Dann würde sie auch *Für Maria* lesen. Und *Für Marietta*. Noch war sie im Unruhezustand.

Sie setzte sich auf den Kontorstuhl und blickte auf den Schreibtisch. Der Schreibtisch sah aus, als ob Heinrich jeden Moment zurückkäme. Das rote Notizbuch lag auf dem Laptop. Der Füller in der Blechdose. Sie tippte leicht ein paar Tasten der *Erika* an, auf der er alle Manuskripte geschrieben hatte. Sie fuhr über den Hutrand. Irgendwann würde sie seine Dinge gegen ihre tauschen.

Noch war es zu früh.

Ihr Blick fiel auf das Foto von Oma Rosa. *Und man siehet die im Lichte … Die im Dunkeln sieht man nicht.* Sie öffnete den Rahmen und tauschte die Fotos. Oma Rosa wanderte ins Dunkel und Maria ins Licht. Zufrieden lehnte sie sich zurück und trommelte gegen die Schreibtischtür.

Hier findest du ausreichend Schreibmaterial, hatte Heinrich gesagt. Elina öffnete die Tür. Obenauf lag ihr Liebchenbuch *Bella Belchaud und ihre Papageien.* Sie blätterte bis zur letzten Seite: *Wen ich gros bin, schrieb ich auch sollche Geschiechten.*

Lächelnd schloss sie das Buch und legte es beiseite. Dann nahm sie das Notizbuch heraus, das oben auf dem Stapel lag. Sie strich über den harten Einband mit den Schnecken und Muscheln darauf. Es war die Reproduktion eines fein kolorierten, detailgenauen Stiches, den ein alter Meister geschaffen hatte.

Sie schlug das Notizbuch auf und las den schwungvoll geschriebenen Satz auf der ersten Seite:

Zuckerschnäuzchen, Du weißt, dass Du anfangen musst!

Überrascht stützte sie die Ellenbogen auf den Schreibtisch und legte das Kinn auf die gefalteten Hände. Irgendwann verschwammen die Worte im Notizbuch und ihre Gedanken verloren sich.

Plötzlich hatte sie das Gefühl, jemand stünde hinter ihr.

Als sie sich umwandte, sah sie, dass es Heinrich war.

Er lächelte. Erstaunt betrachtete sie ihn von oben bis unten. Er trug den feinen, grauen Anzug mit der Weste, ein weißes Hemd, die silberne Krawatte mit den weißen Punkten und hellgraue Socken. Schuhe hatte er keine an.

Sie sah ihm wieder in die Augen.

Er hob und senkte nur schmunzelnd die Schultern. Wehmütig sah er sich um, betrachtete die Steuerkartons. Schließlich beugte er sich über den Schreibtisch, nahm den Hut vom *Bakelit* und setzte ihn auf. Die Ladenklingel blieb stumm, als er das Antiquariat verließ.

Elina folgte ihm.

Auf der Straße stand eine von zwei Schimmeln gezogene weiße Kutsche, auf deren Bock ein weiß vermummter Kutscher saß.

Heinrich schaute Elina eine Weile an. Sie spürte die Wärme, die von ihm ausging. Es war, als hüllte er sie in einen warmen Mantel.

Danke, dachte sie, *dass du mich einen Teil meines Weges begleitet hast.*

Heinrich legte die Hand auf das Herz und nickte ergeben. Dann stieg er in die Kutsche. Der Kutscher schlug die Peitsche, aber ein Knall war nicht zu hören. Die Pferde trabten in Richtung Nikolaikirche davon. Dabei war es so still, als würden die Räder der Kutsche und die Hufe der Pferde das Pflaster nicht berühren. Ein letztes Mal streckte Heinrich die Hand aus der Kutsche und winkte mit dem Hut, als flöge er im Wind.

Reise reise, dachte Elina. Und ihr Herz klopfte wie wild, so als wolle es sich durch die Rippen bohren. Und endlich spürte sie die Tränen.

Es war gut, weinen zu können.

Endlich über Heinrich weinen zu können, nachdem sie sich von ihm verabschiedet hatte.

Sie wischte die Tränen mit dem Ärmel ab. Als sie die Worte im Notizbuch wieder erkennen konnte, las Elina sie noch einmal: *Zuckerschnäuzchen, Du weißt, dass Du anfangen musst!*

Unwillkürlich musste sie zum *Bakelit* schauen. Sie wunderte sich, dass der Hut noch da war.

Sie musste an Friedrich Nerbaß denken. Er hatte als Kind und als alter Mann einen Hut gezeichnet, den der Wind davon trug.

Sie blätterte die Seite im Notizbuch um und strich andächtig über das glatte Papier.

Die Perlmutterschicht um Richard herum war dicker geworden. Ja. Sie brauchte *Der Tote im Meer* nicht mehr zu schreiben. Sie konnte sich an einem anderen Roman versuchen. Nur an welchem?

Fang doch erst mal an, die Merkwürdigkeiten des Lebens zu sammeln: Menschen, Dinge und Ereignisse, die halt des Merkens würdig sind. Ich gehe nie ohne Notizbuch und ohne Stift aus dem Haus, hatte Heinrich gesagt.

Schließlich nahm sie seinen Füller aus der Blechdose, schraubte ihn auf und schrieb:

Weihnachten 2019

Erstaunlicherweise floss die Tinte, sie war nicht eingetrocknet.

Friedrich Nerbaß.

Hans im Glück.

Ein Hut im Wind.

Matti Sander.

Ende dreißig, eins neunzig, wilde schwarze Mähne, Bartschatten, dunkelbraune Augen, knochige, gerade Nase, kantiges Kinn. Jeans, schwarzer Pullover und braunes Cordsakko.

Wasser mit Wein.

Die drei Geputzten und der Anzugmann hatten sich nach ihm umgedreht.

Auch wenn Matti Sander seinen Auftritt im Supermarkt als Kürbis fangender Ritter im Harnisch verpasst hatte, so war er doch ein interessanter Mann. Und der im Namen der

Rose gesandte Dockermützenmann als sein Knappe war keine Option gewesen.

Sie schrieb weiter.

Ein interessanter Mann für eine literarische Figur: wie Treibholz, extrem hart und widerstandsfähig.

Und wie Reni sagte: bizarr und extravagant.

Reni.

Zehn Kaffeebohnen.

Sie musste lächeln. Das war kein Schreibfluss gewesen, sondern nur ein Rinnsal. Hätte sie die Bohnen noch, würde sie alle auf einmal in die glückliche Hosentasche schütten.

Aber sie hatte ja etwas anderes in der Hosentasche. Sie nahm den goldenen Frosch heraus und setzte ihn auf die Hutkrempe. »Du sollst mich an Gelassenheit erinnern! Hörst du, Wasserpatscher?« Sie nahm das Notizbuch und den Füller und ging die Treppe hinauf.

Nachdem Elina die Kerzen am Tannenbaum angezündet hatte, versank sie im Sofa und betrachtete den Baum. Sie rührte sich nicht, bis alle Kerzen niedergebrannt waren.

Dann ging sie in die Küche, kochte wie tags zuvor zwei Kartoffelklöße und wärmte eine Roulade auf und etwas Rotkohl. *Wofür sie besonders schwärmt, wenn er wieder aufgewärmt.* Die Zitronenspeise würde auch noch für die nächsten zwei Tage reichen.

Elina bummelte durch die Kröpeliner Straße. Wie ungewöhnlich es war, Zeit zum Bummeln zu haben. Auch Langeweile zu haben.

Der Weihnachtsmarkt war kurz vor Weihnachten abgebaut worden, aber einige Bratwurst- und Glühweinbuden standen auch zwei Tage nach dem Fest noch. Die Leute drängten sich an diesem Nachmittag mit vollen Taschen in die Geschäfte, der Umtausch der Weihnachtsgeschenke war also noch nicht beendet.

Sie hatte nur das Notizbuch mit den Muscheln und Schnecken und den Füller in den Rucksack gepackt. Vielleicht würde sie sich später in das Kaffeehaus in der Langen Straße setzen und schreiben. Sie könnte zum Beispiel über die merkwürdige Lungenkrankheit schreiben, die in Wuhan ausgebrochen war und Fieber und Atemprobleme auslöste. Siebenundzwanzig Menschen waren inzwischen daran erkrankt, sieben davon schwer. Diese Nachricht war des Merkens würdig, denn normalerweise drangen keine Nachrichten aus China. Aber wahrscheinlich war das eher ein Thema für ihre ehemaligen Kollegen.

Schließlich wanderte sie zum Doberaner Platz. Reni hatte sich rargemacht in der letzten Zeit. Als sie in ihr Schaufenster schaute, war Elina überrascht. Sämtliche Postkarten waren aus dem Plexiglasbehälter verschwunden und ein neues

Schild hing daran: *Vorübergehend geschlossen – bin verreist. Verena Conradi-Flohr.*

Na, das ging ja mal schnell. Reni war weg, weg von der Reste-Rampe. Still und heimlich. Elina hoffte, dass Renis Glück dieses Mal währen würde. Da hatte sich also die langjährige Solitärstaude Flohr neben die Herbstzeitlose Conradi setzen lassen und sie mit seiner Reibeisenstimme sogar zu einer Hochzeitsreise überreden können. Warum nur hatte Reni nichts davon erzählt?

Früher hast du immer die Jungs gekriegt, in die ich verliebt war, hatte Reni gesagt. Nein, das kann sie doch nicht wirklich so gemeint haben.

Das blecherne Schild in *Wolffs Antiquariat* zeigte auch *Geschlossen* an. Ob sie das Schild jemals wieder wenden würde?

Und wenn ja, wann?

Vielleicht öffnete sie die Tür wieder, wenn es ihr irgendwann zu einsam wurde in der verwunschenen Bücherhöhle.

»Wollen Sie verreisen, Frau Bludau?«

Erschrocken drehte sie sich um.

Dr. Frahm lächelte schelmisch. Er trug eine graue Wollmütze und hatte die Hände tief in den Taschen der roten Daunenjacke vergraben.

»Nein, ich wollte nur meine chronisch heimwehkranke Freundin besuchen.«

Er deutete auf das Schild am Behälter. »Ich kann nur akutes Fernweh diagnostizieren.«

»Ja, das ist offensichtlich.«

»Wie wäre es mit einer Tasse Kaffee?«, fragte Dr. Frahm.

»Zuckerschnäuzchen?« Elina lachte. »Sie haben das *Zuckerschnäuzchen* vergessen.«

»Nein, ich kenne Pollys einzigen Satz, aber ich würde Sie niemals *Zuckerschnäuzchen* nennen.«

»Um ehrlich zu sein, fast hätte ich Ihr Bella-Belchaud-Buch aus dem Wartezimmer gestohlen. Nur Ihr plötzlicher Aufruf hat mich davon abgehalten. Nach der schrecklichen Diagnose hätte ich es allerdings verdient gehabt.«

»Das Buch schenke ich Ihnen gern, falls es noch keine andere Patientin gestohlen hat.«

»Nein danke, ich habe mein erstes *Liebchenbuch* wieder gefunden.«

»Darf ich Sie nun zu einer Tasse Kaffee einladen oder nicht?«

»Nun, der Laborbefund war meinem Alter entsprechend normal, aber er kündigte meine Menopause an.«

»Das war nicht der Anfang vom Ende.«

»Das Ende, ach ja. Wie ist Veränderung am Ende?«

»Am Ende ist sie wunderbar.« Er lachte. »Erinnern Sie sich an die jüngere Patientin, von der ich Ihnen erzählt habe?«

»Meinen Sie die Patientin, die massive Probleme mit vierzig hatte?«

»Ja. In der vergangenen Woche hat sie mir erzählt, das Beste an den Wechseljahren sei nicht, dass sie jetzt weiß, was sie *will*, sondern dass sie weiß, was sie *nicht* will. Den ganzen Tag lang könne sie immer nur *Nein, nein, nein* sagen.«

»Das ist gesunder Egoismus, finde ich.«

»Das hätte ich wohl besser nicht erzählen sollen, womöglich schlagen Sie meine Einladung nun aus.«

»Sie sind aber hartnäckig. Weiß die Frau schon, dass Sie in sie verliebt sind?«

»Nein, aber vielleicht traue ich mich, es ihr nachher im Café zu sagen.«

Elina dachte kurz nach. »In welches Café gehen wir?«

»In welches Sie wollen.«

»Dann gern ins Kaffeehaus in der Langen Straße.«

»Gut.«

»Würden Sie mich bitte vorher noch ins Kaufhaus begleiten und beim Kauf eines blauen Kleides beraten?«

»Glauben Sie, dass ich als Berater tauge?«

»Ja.«

»Dann lassen Sie uns zuerst ein blaues Kleid und dann zwei Tassen Kaffee kaufen.«

»Ja.«

»*Weltrose.*«

»Schöner Titel.« Sie lachte. »Übrigens sollen die Liebhaber in den Romanzen von Rosamunde Pilcher meistens Rosenzüchter oder Ärzte sein.«

»Manchmal sowohl als auch.« Er nahm ihre Hand.

Und dieses Mal war es kein Notfall.

Herzlich danke ich

Annemarie Stoltenberg
Ingeborg Klages
Bettina Hickstein
Doris Deutsch
Esther Zschieschow
Kathrin Gloy
Laura Newman
Henning Schünemann

Christiane Schünemann,
im Sommer 2022

WEITERE TITEL

Wie Schriftsteller in der Seele fischen

Die Frau im Eismantel

Schreiben.

Ein Koffer voller Tränen

www.christiane-schünemann.de

ISBN 978-3-7565-2451-8
9 783756 524518 00002
www.epubli.de